衝撃の1行で始まる 3分間ミステリー

『このミステリーがすごい!』大賞編集部 編

宝島社
文庫

宝島社

衝撃の1行で始まる3分間ミステリー

目次

衝撃の1行で始まる3分間ミステリー

目次

衝撃の1行で始まる3分間ミステリー

目次

衝撃の1行で始まる3分間ミステリー

はじめに

ミステリー&エンターテインメントの分野において、面白い作品、新しい才能を発掘すべく、『このミステリーがすごい!』大賞を創設したのは、二〇〇二年三月のことです。以来、第一五三回直木賞を受賞した東山彰良氏や、累計一〇八〇万部突破の「チーム・バチスタの栄光」シリーズの海堂尊氏をはじめ、柚月裕子氏や中山七里氏、岡崎琢磨氏、降田天氏、辻堂ゆめ氏など、第一線で活躍する作家を百名以上輩出してきました。

本アンソロジーは、大賞創設十周年を記念した出身作家たちによるショート・ミステリー集『10分間ミステリー』、その翌年に刊行した『もっとすごい! 10分間ミステリー』、前記二冊から作家自身が選んだ自薦作と十五名の気鋭による書き下ろしを追加した『10分間ミステリー THE BEST』に続く、ショート・ミステリー・シリーズの第四弾です。

今回は、「3分間」で読めるショート・ミステリーを依頼。時間に追われる現代人によりフィットし、手軽に読書の楽しみを提供できうるものと考えています。

限られた長さでミステリーを仕立てる難易度の高い企画に挑戦してくれるのは、『THE BEST』の刊行以降にデビューした、第十五回から最新の第二十二回まで、計三十六名の「『このミス』大賞作家」たちです。二巻に分冊する形で二編ずつ、それぞれで狙いの異なるショート・ミステリーを執筆してもらいました。本書『衝撃の1行で始まる3分間ミステリー』には、冒頭の一行に趣向を凝らした作品が並んでいます。

ミステリー史における有名な書き出しといえば、ウィリアム・アイリッシュ『幻の女』の〈夜は若く、彼も若かったが、夜の空気は甘いのに、彼の気分は苦かった。〉（稲葉明雄訳）や、江戸川乱歩「二銭銅貨」の〈「あの泥坊が羨《うらやま》しい」二人の間にこんな言葉が交《かわ》される程、其頃《そのころ》は窮迫《きゅうはく》していた。〉などが古典として知られているかと思いますが、現代の作家たちも決して負けてはいません。本書ではいったい、どんな衝撃の一行が待っているでしょうか。対となる『驚愕の1行で終わる3分間ミステリー』とあわせて、バラエティに富んだショート・ミステリーの数々をご堪能ください。

『このミステリーがすごい！』大賞編集部

五年後からの手紙　志駕晃

志駕晃（しが・あきら）

1963年生まれ。明治大学商学部卒業。第15回『このミステリーがすごい！』大賞・隠し玉として、2017年に『スマホを落としただけなのに』（宝島社）でデビュー。同作はシリーズ化され、四作で累計100万部を超える。他の著書に『たとえ世界を敵に回しても』（KADOKAWA）、『そしてあなたも騙される』（幻冬舎）、『まだ出会っていないだけ』（中央公論新社）、『彼女のスマホがつながらない』（小学館）など。

『拝啓。私は五年後のあなたです。ですからあなたが、今、医大受験に失敗して、とても落ち込んでいることをよく知っています。医大になんか一生かかっても受からないんじゃないかと思っているあなたの気持ちも理解しています。でも、安心してください。あなたは一年後、希望の医大に合格できます。五年後のあなたより』

そんな手紙が、白川宏《しらかわひろし》の郵便受けに入っていた。

白い紙にプリントアウトされたものなので、筆跡を鑑定することはできなかった。ちなみに消印は東京中央郵便局だった。タイムカプセル郵便で五年後の自分に手紙を出すことは可能だが、五年前の自分に手紙を出すことは不可能だ。もっともこれから五年の間にタイムマシーンが発明されて、手紙を過去の自分に送れるようになれば別だろうが、そんな未来が訪れるだろうか。

五年後の自分が、落ち込んでいる今の自分に手紙を出してくれたのだと宏は想像してみた。もしもそれが本当ならば、来年の今頃、自分は医大に合格していることになる。そう思うと不思議なもので、今まで食事も喉を通らないほど落ち込んでいたのに、急に元気になり宏は受験勉強を再開することができた。

『拝啓。医大合格、おめでとうございます。さて晴れて医大生になったあなたは、部活に入部します。医大にも体育系・文化系など色々な部活があり、部活の先輩友人などの人脈は非常に重要です。試験の情報や就職活動などの貴重な情報をもらえるからです。部活に入って医大生活をエンジョイしてください。五年後のあなたより』

一年後、東京中央郵便局の消印で手紙がまた届いた。

この一年で人工知能は急激に進歩し人間を超えてしまうのではと言われるようになったが、タイムマシーンができそうだというニュースは聞いたことがなかった。一体、この手紙は誰が書いているのだろう。

謎は深まるばかりだったが、宏は手紙のアドバイスに従い卓球部に入った。手紙にも書かれていた通り、部活動では先輩や友人に恵まれて宏のキャンパスライフは非常に充実したものとなった。

『拝啓。医学部も二年目となり、いよいよ勉強が大変になってきましたね。医学部は人命に関わる勉強をする所ですから、進級試験に落ちて留年や退学となってしまうことも珍しくありません。しかし、あなたには素晴らしい明日が待っています。今は大変かもしれませんが、歯を食いしばって頑張りましょう。五年後のあなたより』

その一年後、また五年後の自分から手紙が届いた。

相変わらずタイムマシーンが発明される見込みはなく、誰がこの手紙を出しているのか謎は深まるばかりだった。

手紙にも書かれていたように医学部の勉強は本当に大変だった。特に二年目はご遺体を使った解剖実習が始まり、自分に医者になる資格があるのか悩みつづけていた。ただ成績がいいだけで医学部に進み、解剖実習でショックを受けるのは、医大生のあるあるだった。しかし宏は五年後の自分からの手紙を読み返し自らを勇気づけた。

『拝啓。医学部もいよいよ三年目ですね。お医者さんは高収入ですし、社会的なステイタスも高いので、当然ながら良くモテます。しかし医学生は勉強ばかりしていて恋愛経験が少ないですから、変な女に引っ掛かって人生を棒に振る人も少なくありません。あなたは素晴らしい女性と知り合うことになりますから、女性にだけは気を付けてください。五年後のあなたより』

その時、宏には三ヵ月間付き合った恋人がいた。

恋人に何の不満もなかったのだが、不思議なことに手紙をもらってからは、急に愛情が冷めてしまい彼女が随分つまらない女のように思えてしまった。

『拝啓。来週あなたは、ホテルで行われるパーティーで、ある女性と運命的な出会いをします。その女性は笑顔がとてもチャーミングで、あなたを幸せにしてくれる人です。パーティーの詳細は以下の通りです。五年後のあなたより』

その手紙が届いた時、宏は新しい恋人が欲しいと思っていたところだったので、スーツにネクタイを締めてパーティー会場に出掛けて行った。

それは男性側が医学生限定の見合いパーティーみたいなもので、会場にはきれいな女性がたくさんいた。宏は女性たちの中で、とびきり笑顔がチャーミングだった良美《よしみ》という女性に声を掛けた。

『拝啓。医学部も五年生になり、来年には国家試験もありますね。国家試験を万全に迎えるために、あなたは今付き合っている女性と今年中に結婚します。おめでとうございます。そしてこれが最後の手紙となります。幸せな家庭を築いてください。五年後のあなたより』

良美と付き合いだした一年後に、その最後の手紙が届いた。

良美は凄い美人ということはなかったが、家庭的な性格で一緒にいると幸せな気分にさせてくれた。だからその手紙が届いた時は、やっぱりそういうことなのかと素直に受け入れた。

誓いのキスを交わしてウエディングベルが鳴り響いた。全ては手紙に書かれていた通りになったが、ふと宏の脳裏にある考えが浮かんだ。

「ひょっとして、君が五年後のあなたを書いたんじゃないの」

今までの手紙は全て良美の自作自演で、自分は彼女の掌《てのひら》の上で踊らされていただけだったのではないだろうか。しかし、純白のドレスを纏《まと》った花嫁は、怪訝《けげん》な表情をするだけだった。


「お陰様でいいお相手と結婚することができました。ありがとうございます」

良美は結婚の報告と成婚料の支払いのために、結婚相談所を尋ねていた。

「おめでとうございます」

所長はにこやかな笑顔でそう応えた。

「だけど、どうして御社は医学生との成婚率が飛びぬけて高いのですか？」

どうしても医者と結婚したかった良美は、この結婚相談所の噂《うわさ》を随分前から聞いてはいた。

「当社は医大に合格する前から男性会員を手厚くケアしているからです。医大受験に失敗したり、厳しい授業についていけなかったり、他の女性と交際してしまったりして、当社が長年ケアしていても無駄になってしまうことも少なくありません。しかしパーティー会場にやってくる医大生は、まるで洗脳されたように当社のことを信頼してくれていますからね」

返礼品　おぎぬまX

おぎぬまX（おぎぬまえっくす）

1988年、東京都生まれ。元お笑い芸人。ギャグ漫画家として2019年に『だるまさんがころんだ時空伝』で第91回赤塚賞入選。2021年には「ジャンプSQ.」にて『謎尾解美の爆裂推理!!』を連載。また、ジャンプ小説新人賞2019・小説フリー部門にて銀賞を受賞し、2020年に『地下芸人』（集英社）で小説家デビュー。2023年、第21回『このミステリーがすごい！』大賞・隠し玉として『爆ぜる怪人　殺人鬼はご当地ヒーロー』（宝島社）を刊行。他の著書に『キン肉マン　四次元殺法殺人事件』（集英社）。

『犯人に復讐がしたい！』というプロジェクトに、僕は五十万円の支援をした。

僕が見ていたのは《復讐クラウドファンディング》と呼ばれる闇サイトだ。

ここでは、通常のクラウドファンディングでは規約違反となるような非合法的なプロジェクトが公開されている。完全会員制で、他会員の推薦と運営の厳正な審査をクリアした者だけがサイトを閲覧することができる。

一介の漫画編集者に過ぎない僕が会員になれたのは、出版社のパーティーで出会えた大物漫画家の後押しが大きい。

このサイトの存在を知ってからというものの、毎日のように更新されていくプロジェクトを眺めるのが僕の日課となっていた。

会社の上司に横領の濡《ぬ》れ衣《ぎぬ》を着せられ仕事を失った者、愛人に中絶を迫られた上に都合よく捨てられた者、学校でいじめを受けていることを担任に相談しても揉《も》み消された者……ここでは年齢性別を問わず、数多《あまた》の弱者が復讐の支援を求めている。

そんな彼らの願いを画面越しから眺めていると、同情心と背徳感がないまぜになったような気持ちになる。自分の経済力では支援できるプロジェクトは限られており、今までいくつもの復讐を見捨ててきたからだ。

その日も、取り憑《つ》かれたようにサイトのチェックをしていると、気になるプロジェクトが見つかった。

『犯人に復讐がしたい！』というプロジェクトを立ち上げたのは、数年前に世間を騒がせた殺人事件の遺族だった。

神奈川県某市の公園で、女性の絞殺死体が発見された。いくつかの目撃証言や状況証拠から、ある男性が容疑者として浮かび上がったが、その後の公判で重要参考人が次々と証言を覆し、無罪となった。

プロジェクトの立ち上げ人は、被害者の夫である。目撃証言を募るビラ配りや、無罪判決に怒りを露《あら》わにした姿をニュースで見たことがあった。

無罪を勝ち取った容疑者は有名企業の御曹司《おんぞうし》であり、これまでも警察沙汰の問題行為を何度も起こしてきたが、その度に父親の権力を使って火消しをしていたようだ。

支援者に向けたPRページには、最愛の妻を殺された絶望と、今ものうのうと生きている犯人に対する憎悪が綴《つづ》られている。

これまで見た中でも、もっとも胸糞の悪い事件だった。特に、最愛の妻を亡くしたという点は心打たれるものがある。

僕は焦る気持ちを抑えて、慎重に復讐内容を確認した。支援するのは復讐相手を殺害するプロジェクトと決めている。社会的抹殺で済ますなら支援はできない。

そこには『生きたまま全身をバラバラに解体し、なるべく苦しませた上で殺害』と書かれていた。

「……これだ」

気付かぬうちに拳を強く握りしめていた。こういう復讐をずっと待ち望んでいたのだ。

プロジェクトの詳細を何度も確認した後、僕は支援ボタンをクリックした。凶悪な犯罪者に対する復讐は支援者の心を摑《つか》むものがある。僕に続くように次々と支援者が現れて、あっという間に目標金額の三倍以上の支援金が集まった。

これで復讐は確実に果たされるだろう。プロジェクト達成に僕は安堵《あんど》した。


後日、自宅に荷物が届いた。

あの時の夫が無事に復讐を遂げたようで、支援者に返礼品が送られたのだ。

僕は大きな段ボールを開封して、返礼品を確認する。まずは、支援者に対する感謝の手紙と、一枚のブルーレイディスクを取り出した。

ディスクを再生すると、薄暗い倉庫で全身を拘束された犯人が映し出された。そして、鋭利な刃物を持った夫が恍惚《こうこつ》とした表情で、犯人の身体を切り刻んでいく。目を覆いたくなるような凄惨《せいさん》な映像が続く。公約通り、犯人は生きたまま解体されることで復讐は果たされた。

僕は段ボールの一番奥にあった医療用のクーラーボックスを取り出した。高額支援者にのみ送られる特別な返礼品である。ボックスの中身は犯人の臓器だ。

――これで闘病中の妻を救うことができるかもしれない。

後悔はしていない。ドナー移植の順番を待つ時間は残されてなかった。

妻を救うための手立てを探していた自分が、《復讐クラウドファンディング》という闇サイトに出会えたのは、神がくれた最後のチャンスだと思った。妻が倒れた時、僕はどんな手を使ってでも、彼女を救ってみせると誓ったのだ。

ここでなら、支援金さえあれば新鮮な膵臓《すいぞう》を手に入れることができる。僕はサイトのチェックを日課にし、自分にとって理想のプロジェクトが現れるのを待ち続けた。

とはいえ、復讐の決行日が早く、返礼品に復讐相手の身体の一部が設定されたプロジェクトはそう簡単には見つからなかった。当然、ビルの屋上から突き落としたり、車で轢《ひ》き殺すような殺害方法では臓器が損傷してしまうので意味がない。

今回支援したプロジェクトは、一秒でも早く復讐を遂げたいという夫の決意と、臓器を傷つけない殺害方法が一致した。そして何より、愛する妻を亡くしたという背景に、強く惹《ひ》かれるものがあった。

こうして僕は、彼の復讐を支援することに決め、高額支援プランに記載されていた『解体した犯人の身体の一部』を返礼品に選択したのだ。

目的を達した僕は、パソコンに表示されていたサイトに目を向けた。

妻を救うため、絶えず表示し続けていた《復讐クラウドファンディング》のページを閉じる。すると画面には、同じく常に表示していた一般的なクラウドファンディングのサイトが残った。

そこには『闘病中の妻を救いたい！』というプロジェクトが公開されている。プロジェクトの立ち上げ人は僕だ。妻が倒れてから、僕はこのページを取り憑かれたように眺め続けてきた。

しかし、支援金は未だ目標金額の５％も満たしていなかった。

僕は自身が立ち上げたプロジェクトの『公開終了』ボタンをクリックした。

深夜のファミレス同期会　新川帆立

新川帆立（しんかわ・ほたて）

1991年生まれ。アメリカ合衆国テキサス州ダラス出身、宮崎県宮崎市育ち。東京大学法学部卒業後、弁護士として勤務。第19回『このミステリーがすごい！』大賞を受賞し、2021年に『元彼の遺言状』でデビュー。他の著書に『倒産続きの彼女』『剣持麗子のワンナイト推理』（以上、宝島社）、『競争の番人』（講談社）、『先祖探偵』（角川春樹事務所）、『令和その他のレイワにおける健全な反逆に関する架空六法』（集英社）など。

「同期の男全員と寝てみたんだけど」

珠理《じゅり》が真顔で言うから、コーヒーを吹き出しそうになった。

深夜のファミレスに客は少ない。会社から一駅離れているから、聞き耳を立てている同僚もいないはずだけど、ちょっと心配になって、あたりを見回した。

当の珠理は気にするふうもなく、外はねボブのはね具合を指先で調整している。

「もう一周いってみるか迷ってるんだよねえ」

うちの会社の同期は七人、そのうち男は五人いる。

「待ってよ。五人全員と寝たってこと？」

「そう言ってるでしょ」

「もう一周って、もう一回ずつ寝るってこと？」

「それ以外どういう意味があるの」

うへえ、と声がもれた。

珠理は華のある美人で、高校生の頃からモテまくり、大学ではミスコンに出ていた。会社でも当然人気がある。内定式以来ずっと、男性陣の熱い視線を集めていた。

彼女とは幼馴染で気心が知れていた。だから耐えられた。だけどこんな子が同期にいたら、普通は苦しいと思う。比べられて、お前には用がないと切り捨てられるのが目に見えているから。

「真治《しんじ》くんとはどうなったの？　付き合ってもうすぐ三年？　プロポーズされるかも

って言ってたじゃん」

「あー別れた」

「別れたの？」声が裏返った。

鼓動が速まる。嵐の予感がした。

「ああ、それでか。それで、同期の男たちと……」

珠理は高飛車なわりに寂しがり屋で、常に男を必要としている。真治という彼氏がいたからこそ落ち着いていたものの、その枷《かせ》が外れた今、何をしでかすか分かったもんじゃない。

しかし真治と別れたというのは朗報だった。やつはイケメンで、帰国子女で、大手商社に就職していて、かなりいけ好かない。スペック的に珠理とお似合いだったし、浮気もせずに誠実に尽くしていたみたいだけど。そういうところも、気に入らない。

「こんなこと訊《き》くのも何だけどさ。やってみて、五人のうち誰が一番良かった？」

「それあんたが訊く？」珠理がニヤッと笑った。

「いや、やめとく。やっぱり聞きたくない」

ふふふ、と珠理は笑った。「男の人って、一度寝た女とは、何度も寝られると思ってるじゃん？」

苦笑した。「まあ確かに」

「で、案の定、『次はいつ会える？』って連絡がそれぞれからきていて。どうしようかなって感じなの」

「後先考えずに寝ちゃったわけ？　会社の同僚なのに？」

「別にいいじゃん。そんなの相手だって同罪だよ」

ファミレスのドアが開く電子音がした。店員の声が響く。振り返り、入ってきた人を見てギョッとした。

同期の影山将司《かげやままさし》である。

「影山じゃーん」珠理が明るく声をかけた。

「お、おう。お前たち、一緒にいたのか……」

「だって私たち、昔から仲良しだし」珠理は屈託なく言った。「ねえ？」

「うん、そうだね」とうなずく。何とも複雑な気持ちだったが、影山の反応を見て溜飲《りゅういん》を下げた。彼は鳩《はと》が豆鉄砲を食らったような顔をしてこちらを見ていた。二人のあいだに影山が入りこむ余地はないのである——と思った瞬間、

「影山もここに座りなよ」と、珠理が座席を叩《たた》いた。

あまりにも堂々とした態度に呑《の》まれたのか、影山はおずおずと腰かけた。

「影山って彼女いるんだっけ？」

「いや、いないけど」

何でそんなこと訊くの、とでも言いたげな目をしている。だが正面切って尋ねる勇気はないらしい。「真岡《まおか》は？」と矛先をこちらに向けてきた。

「この子は相手がいないよ。昔からずっと」

珠理が代わりに答えた。腹が立ったりはしない。別にモテないわけじゃない。恋人をあえてつくらないだけだ。

へえ、と影山は言った。「真岡って腰が重いタイプ？　動かざるごと山のごとし的な？」

邪魔だから帰れと言いたいのだろう。珠理と一緒にいると、他の男からこういう扱いを受けることに慣れている。

いらっしゃいませーっという店員の声に続いて、人影が見えた。

同期の木《き》村《むら》友《ゆ》里《り》奈《な》である。

何も言わずに近づいてきて、隣に座った。

「どうも、真岡くん」なぜか棘《とげ》のある目で、こちらを見ている。「今日もずいぶん、ぼんやりしてるんだねえ」

同期はどんどんやってきた。総計七人で、広い席に移って座った。

自分を含めて、ここにいる五人の男が珠理と寝たのか――と思うと、想像以上に、心のダメージは大きかった。

珠理とは幼稚園からの付き合いだ。親同士も仲がいい。小学校、中学校、高校と、当然のように同じところに進んだ。大学受験のときには、完全に彼女を意識していた。同じ大学に入ろうと猛勉強をした。就職活動のときも、どこが第一志望なのかそれとなく聞きだして、何とか同期として滑り込んだのである。

一線を越えたのは、就職して三カ月が経《た》った頃だ。新人研修合宿の帰りだった。酔っぱらった珠理を家に送り、そのまま……という、不本意なかたちだった。何もせずに帰るつもりだったのに、珠理があまりに積極的で、こちらも我慢できなかったのである。

学生時代の彼氏、真治と別れたばかりだったからか。やけくそになって、手近な男に手を出したのだろう。当時は知る由もなかったが、今改めて考えると、そうとしか思えない。しかも手を出した男は一人ではなかった。同期の男たちを横目で見る。胸がきりりりと痛んだ。

男たちは、安いビールを注文して、かなりのペースで飲んでいる。つまみに唐揚げとフレンチフライもきた。

ふと気づくと、珠理の姿がない。トイレに行ったのかとも思ったが、荷物ごと消えている。

「珠理は？」

「帰ったよ。さっき」影山が言った。

困惑が募った。「あいつから呼び出しといて、先に帰ったのかよ。あいつは一体何がしたいんだ」

先ほどまでの盛り上がりが嘘《うそ》のように、場は静まり返った。

「えっ、分からないの？　さすがに珠理ちゃんが可哀想だよ」

友里奈が眉をひそめて言った。

「この際、ぶっちゃけるけど、私たち、珠理ちゃんから全部聞いてるから。真岡くんと珠理ちゃんは、小さい頃からずっと一緒にいるんでしょ。それなのに全然距離が縮まらなくって。真岡くんが何もしてこないのは、脈なしだからなのかなって、珠理ちゃんはずっと悩んでたよ。当てつけみたいに彼氏をつくっても、真岡くんの反応は薄かったらしいじゃん。彼氏とも別れて、ガンガンに誘ってやっと一線を越えたのに、そこからまた何もなし。今日も、真岡くんに圧をかけるために、こられる人はきてって、珠理ちゃんが同期に声をかけていたの。でも当の真岡くんがそんなんじゃあ。珠理ちゃんが腹を立てるのも仕方ないよ」

同期たちの冷ややかな視線が注がれている。

「待ってよ。あいつ、同期の男全員と寝たって言ってたよ。お前たちも――」

「そんなの嘘に決まってるじゃん。真岡くんの気を引きたかっただけだよ」

「それじゃあ、まさか珠理は」

「そのまさかだよ」

スマートフォンを取り出し、メッセージ画面を開いた。アイコンには隙のない笑顔を浮かべた珠理がいる。

今からでも間に合うのだろうか。

ごくりと唾をのみくだし、震える手で、通話ボタンを押した。

死んだ子の歳を数えて　岩木一麻

岩木一麻（いわき・かずま）

1976年、埼玉県生まれ。神戸大学大学院自然科学研究科修了。国立がん研究センター、放射線医学総合研究所で研究に従事。現在、医療系出版社に勤務。第15回『このミステリーがすごい！』大賞を受賞し、2017年に『がん消滅の罠　完全寛解の謎』でデビュー。他の著書に『時限感染』『がん消滅の罠　暗殺腫瘍の謎』（以上、宝島社）、『テウトの創薬』（KADOKAWA）がある。

死んだ子の歳を数えて、今日で一三一年になる。

幽霊《ゴースト》になってからは七一年。幽霊となった母が亡くした子を想い、その歳を数え続けていると聞いたら、昔の人はきっと笑うだろう。けれども、私はただその為だけに、天に召されることもなく、この世に留まり続けている。

息子の蓮《れん》を交通事故で亡くしたのは、二〇二四年。わずか六年の短い人生だった。当時はまだ生身の人間《Biological Entity》が、自らの感覚と判断で、手足を用いて乗用車を走行させていた信じられないような時代で、毎年多くの命が交通事故で奪われていた。

人類に大きな転機が訪れたのは、二〇三〇年のことだ。最初にそれが発見されたのは二〇二八年だったが、精査と混乱の緩和のために、発表までに二年を要したのだった。宇宙望遠鏡を用いた光学解析により、後にゴルギアスと命名される太陽系外惑星に酸素、オゾン、メタン、葉緑素などの生命の兆候が見つかった。

問題はその近傍に光速の約三〇%という超高速で移動する惑星サイズの巨大人工構造物が発見されたことだった。後にタナトスと命名された巨大構造物は、急減速してゴルギアスと軌道を同調させた後、四ヶ月足らずで、ゴルギアスの生命兆候を消し去り、惑星の様相を一変させた。タナトスはその後、急加速して再び移動を開始した。

生命は、そのような急激な減速や加速に耐えられないし、タナトスからは生命の兆候が一切観測されなかった。科学者たちは次のように結論付けた。

「タナトスは機械文明によって構築されたものであり、その維持のために惑星から破壊的に資源を収奪していると思われる」

そして、文明の発展における生命の位置づけについても、次のように認識が改められた。

「生命は自然発生することのできない、機械文明の『種』である」

情報の処理速度、過酷な宇宙環境に対する強健性など、多くの点で機械文明は生命文明を凌駕《りょうが》している。生命文明が敵対的な機械文明と衝突すれば、またたく間に根絶させられるのは明らかだった。

人類文明の命脈を保つために、無数の議論が交わされ、イデオロギーの対立による戦争を繰り返しながら、見解はやがて一つの方向に収束していった。機械文明へのアップグレード。シミュレーションの結果、無人兵器による生命文明の防衛には限界があると判断された。文明が生き残るためには、機械化による発展の加速と強健化が必要不可欠だった。

最重要課題は意識の電脳化だった。概念としては、脳とコンピューターを脳インプラントで電気的に接続し、脳機能をコンピューターに拡張することで意識の外部化を図り、最終的に脳の外に意識を移植する方法がその時点で示されていた。電脳化の実現は困難を極めたが、危機の共有に基づく、全世界的な開発リソースの集中によって技術的なブレークスルーが繰り返され、二〇三九年、人類は初の意識移植に成功した。

私は二〇四四年、五二歳の時に電脳化に踏み切った。電脳化のためには、ある程度の脳の健全性が必要だった。夫婦で電脳化を躊躇《ちゅうちょ》している間に、夫が大動脈解離で亡くなったことが、私が電脳化に踏み切る契機となった。規格が標準化されたヒト型の機械の体は、顔や体形についてはカスタマイズ可能だったが、私のように生身の時の外見を踏襲する者が多かった。

電脳化後に、生身の肉体《オリジナル》は安楽死させられることが法で定められた。核融合炉の実用化により、電算処理に必要な莫大な電力は確保されているが無尽蔵というわけではなく、オリジナルは食糧生産や排泄物《はいせつぶつ》の処理などの環境負荷が高い。

オリジナルの最期の様子については、情報開示請求を行わなければ、知ることはない。知りたくないという人が多い中、私はどうしても気になって、開示請求に踏み切った。

私のオリジナルは、完全電脳化後に処理場に連れて行かれる直前に、取り乱して逃亡を図り、係員の手によってガスで昏倒させられた上で処理されたそうだ。

意識を完全移植する直前には、私はそういう恐怖を微塵も感じなかったが、私から切り離された後の私は違ったのだろう。それも分かる気がするが、自我というのは本当に不思議なものだ。

茶毘《だび》に付された私の骨は、夫と子供が眠る墓に納めた。墓に納めずとも、自分の骨をなんらかの形で保存する人がほとんどだった。

こうして、人類は生命として生まれ、生殖し、電脳化によって不死になる開かれたサイクルを獲得した。

電脳化に成功した現在も、意識を生むメカニズムの多くが不明のままだし、コンピューター上にゼロから意識を発生させることにも成功していない。意識のコピーは技術的には可能だったが、個々の意識はブロックチェーンで管理され、複製は今のところ禁じられている。

それでも寿命がなくなった世界で人口は増え続ける。

幽霊《ゴースト》。

生身の人間《Biological Entity》から電脳人間《DigitalEntity》となった人間が、自虐的にそう呼び始めたスラングの一つだ。電脳化によって世界は激変し、国家の在り方、法律、刑罰、経済、宗教といった人間活動のすべてが根本から作り変えられた。

そんな世界で私が「生きて」いる意味はなんなのか。昔の人は「人間は二度死ぬ。一度目は肉体が滅んだ時。二度目は人々の記憶から消え去った時」と述べたそうだ。その意味では、私も蓮も一度死んでいるが、永遠に生き続ける。

私が死んだ子の歳を数え続ける限りは。

役者　越尾圭

越尾圭（こしお・けい）

1973年、愛知県知多郡東浦町生まれ。同志社大学文学部中退、早稲田大学教育学部卒業。第17回『このミステリーがすごい！』大賞・隠し玉として、2019年に『クサリヘビ殺人事件　蛇のしっぽがつかめない』でデビュー。他の著書に『殺人事件が起きたので謎解き配信してみました』『AIアテナの犯罪捜査　警察庁情報通信企画課＜アテナプロジェクト＞』（以上、宝島社）、『楽園の殺人』（二見書房）、『協力者ルーシー』（角川春樹事務所）など。

「遺産総額は相続税を抜いて三十億円です」

俺たちの前に座る若い女性弁護士――西脇芽依《にしわきめい》が事務的な口調で言った。

「そんなに」と、長男の濱田《はまだ》一郎《いちろう》の顔がとろける。次男の二郎《じろう》、三男の三郎《さぶろう》も笑う。

「どうした、四郎《しろう》。おまえ、驚かないのか」

俺がさして表情を変えないからか、一郎が不満げに問う。投資家として成功した父だ。多額の資産を保有していても不思議ではない。

「驚く……というか、まあ、現実感がないんだよ」

「売れない役者じゃ、こんな大金が動くことなんてないもんな」

有名な一部上場企業の役員である一郎にとって、億単位の金は珍しくもないらしい。だがいくら役員でも、七億五千万の金が自分の懐に入るとなれば話は別だろう。

二郎は大学教授、三郎は内科医だ。一郎を含めて実入りはいいが金遣いが荒すぎると、亡き母が嘆いていた。そこでこの遺産だ。彼らの目の色が変わるのも無理はない。

「当事務所にお集まりいただいた相続人の皆様には恐縮ですが、遺言書があります」

一郎が「おう。読んでくれ」と期待した面持ちで促す。しかし俺は周囲を振り回し続けてきた親父の遺言と聞いて警戒した。何を聞いても動じない演技が必要だ。

「『皐月会《さつきかい》』――恵まれない子を支援する団体ですが、そちらに全額寄付すると」

兄たちの顔が凍りついた。そう来たか。俺は思わず口の端を上げる。

「ふざけるな！　全額だと？」と、一郎がテーブルを拳で叩《たた》く。二郎と三郎も猛然と抗議する。俺は「遺言は絶対なんでしょう？」と西脇弁護士に訊《き》いた。

「遺留分の請求はできます」

遺留分か。兄弟姉妹以外の法定相続人に最低限保証された遺産取得分だ。具体的には配偶者や子、両親、祖父母。親父の場合、子以外の対象者はすべて故人だ。割合は子は二分の一で、それを人数で分ける。皐月会に半分の十五億。残りの十五億を四人で分配して三億七千五百万。これでも多額だが、まだ何か裏がありそうな気がする。

「俺は遺言の内容に異論なしだ」

「四郎、正気か。そもそも遺留分請求すらアホらしい。全部俺たちでわけるべきだ」

一郎が拳を振るう。二郎と三郎も憤りを露《あら》わにしている。

「ひとつ、但し書きがあります」

西脇弁護士が紙の上に指を置いた。一郎が首を捻《ひね》る。俺は「来た」と心で身構えた。

「遺言に最後まで異を唱えなかった者が九割を相続し、残りを『皐月会』に寄付する」

兄たちが皆、俺の顔を見た。俺は小さく肩をすくめる。やはり親父のやつ、引っかけを用意していやがった。二十七億。この額には俺も心臓が高鳴るのを感じた。

「四郎に九割？　そんなこと、許されていいはずがない」

一郎の剣幕に合わせ、二郎と三郎も非難する。俺はこれみよがしにため息をついた。

「わかったよ。俺も異を唱えようじゃないか。それならどうだ」

「遺留分で我慢するという意味だな？」という一郎の言に、俺は曖昧な頷きを返す。兄たちの安堵《あんど》する顔を見ながら内心で苦笑した。親父のやつ、死んでも俺たちを振り回していやがる。俺なんて比べものにならない役者ぶりだ。だが――。

「一郎さんから四郎さんまで、皆さん異論ありということですね」

「四郎が九割も相続するくらいなら、最初の遺言の遺留分で手を打ってやる」

一郎が「おまえらもいいな？」と、有無を言わせず二郎と三郎を同意させた。

「段取りはあんたに任せておけばいいんだろ？」

一郎が訊《き》きながらロレックスの腕時計に目を落とす。早く会社に戻りたいらしい。

「ええ。相続額は追って書面で通達いたします」

「これからちょうど三十億の商談があるんだ。そっちはうまくまとめてやるよ」

一郎は自分で言った言葉に大笑いしながら弁護士事務所から出ていく。二郎と三郎も仕事があると言い、この場から消えた。俺は「まったく親父のやつ、たいした役者だよ。ところで」と西脇弁護士に目を向けて続けた。

「順番的に最後まで異を唱えなかったのは俺だ。この意味、わかるよな？」

西脇弁護士が微笑する。意を汲《く》んでくれたようだ。終始異を唱えないのではなく、異を唱えても最後なら問題ない。あの但し書きはそのような解釈もできる。

「俺だって、まあまあの役者だろ」

これで俺は二十七億を手にすることになる。たったわずかの間の演技でだ。遺留分を請求されても半分の十三億五千万と一人分の三億三千七百五十万が転がり込む。

俺は軽快に立ち上がると、「あとはよろしく」と言い置いて部屋を出た。

ドアが閉まり、誰もいなくなった。

私は遺言書を封筒に収める。相続額がゼロだと知った彼ら全員は、すぐに遺留分の請求をするだろう。それでも私の元に皐月会への寄付額三億、私個人の分として二十七億の半分の十三億五千万と一人分の二億七千万が入る計算だ。

甘いね、兄さんたち。私が彼らの父の非摘出子、いわゆる隠し子で末の妹、そして「皐月会」の理事長と知ったらどんな顔をするかしら。

父は五人目の子どもにも数字を入れたくて「五月《さつき》」にしたいと考えたけれど、妻に悟られないよう用心して英語のＭａｙから「芽依」と名付けた。

私と母は貧しい暮らしを強いられてきた。ところが、病で死を前にした父は私を呼び出した。たった一人の女の子だから、急に可愛《かわい》く思えるようになったという。自分勝手過ぎると怒りが湧いたけれど、その気持ちを抑えて私はふたつの提案をした。恵まれない子の支援をする「皐月会」の設立と、すべての遺産を会に寄付してはと。

皐月会の「皐月」は「五月」の異称から名付け、「私は貧しい家庭で苦労した。そういう子どもたちを支援したい」と切に訴えた。

父は一郎兄さんたちの浪費癖、四郎兄さんの気ままな性格を苦々しく思っていたし、何よりも私に対して引け目があった。悪くない提案だが、あいつらにもチャンスをやろうと言った。それが、異を唱えなかった者に九割を相続させるというものだ。

きっと、本心では諦めていたのだろう。でなければ九割なんて指定はしない。それでも四人の兄たちの一人でも異を唱えなければいい。そう信じてみたいと考えたのだ。

私は父に同意し、一緒に遺言書を作った。しかし、結果はご覧のとおり。

一郎兄さんたちの見苦しい本性が露呈したし、父に最も気性が似ていて手強《てごわ》いだろうと危険視していた四郎兄さんも自らの打算に終始していた。

「お集まりいただいた相続人の皆様」と私は言った。そこに私も含まれている。

各人が受け取る具体的な額を私は言わなかった。相続人は五人と悟られないために。

「一郎さんから四郎さんまで、皆さん異論ありということですね」と念を押したのに、誰も否定しなかった。四郎兄さんは去り際に小賢《こざか》しいことを言っていたけれど、相続人のうち、最後まで異を唱えなかったのは私だ。

自然と笑みが浮かぶ。たった今、ドアの向こうに消えた兄に心の内で問いかけた。

ねえ、四郎兄さん。私たちの中で一番の役者は誰？

私たちの殺意　猫森夏希

猫森夏希（ねこもり・なつき）

1989年、福岡県生まれ。福岡大学卒業。第17回『このミステリーがすごい！』大賞・隠し玉として、2019年に『勘違い　渡良瀬探偵事務所・十五代目の活躍』でデビュー。他の著書に『ピザ宅配探偵の事件簿　謎と推理をあなたのもとに』（以上、宝島社）がある。

私が家に帰ると、夫が私と不倫していた。

寝室のベッドで抱き合っていた二人は、水でもかけられたかのように跳ね起き、石のように固まった。

「どういうつもり」

私の問いかけに、私は「あの、これは」と言葉を濁す。その表情で、私は悟った。夫に好意を抱いたのだろう。こうなるともう私の側にはつかない。私だからわかる。

夫は訳がわからないといった風で、私たちを交互に見ていた。

それにしても今になって。私の話を聞いていたはずなのに。

私が私を裏切るなんて。

夫の久則《ひさのり》を殺そうと考えたのは、二週間前のことだった。優秀な大学を出て、優秀な企業で働いている夫。お笑いと美術を愛し、それらの趣味で繋《つな》がった広い交友関係を持っている。私とは真逆の人だった。

だからなのだろう。彼は私を見下していた。夫によれば、常に自分の考えのほうが正しいのだそうだ。私にはよくわからなかった。付き合いが長くなればなるほど、私の行動は否定されていった。反発は許されない。怒鳴られ、ときに殴られた。そんな夫婦生活を続けていく内に、黒いものが溜まっていったのだろう、私は夫を殺したいと思うようになった。いつしか、それほどまでに恨んでいた。

私は自分の殺意を自覚すると、計画を練った。殺したいが、捕まりたくはない。ではどうするか。私の考えはシンプルだった。

協力者がいれば捕まらない。夫を殺している時刻に、私と一緒に○○にいた、と嘘《うそ》を吐《つ》いてくれる人。アリバイの偽証を行ってくれる人がいれば捕まることはない。

ただ、殺害計画はできたものの、肝心の協力者にあてがなかった。殺人の片棒を担いでくれる人物などそういるはずがない。家族になど言えるはずもなかった。

ネットで探せないだろうか。私は検索バーにきな臭い言葉を打ち込み続けた。一度、殺人を代行してくれるという男と連絡を取ってみたが、金だけ騙《だま》し取られそうな気配がしたので辞めた。そうして怪しいサイトやSNSを見回っていると、ある一つのブログが目に留まった。若い男性が日々のあれこれを雑多に書き綴《つづ》っているブログ。開いたのは『恨《うら》みヶ嶽《たけ》神社に行きました』というタイトルのものだった。

S県のとある山の中に、恨みヶ嶽神社と呼ばれる場所があるという。そこは常人には辿《たど》り着けず、誰かを殺したいと願う者の前にだけ現れるらしい。ブログの主は、そこで上司を殺してくださいと願ったという。ブログは上司からどれだけひどい仕打ちを受けてきたかが延々と綴《つづ》られ、最後、上司は翌日から大病を患い、今も入院していると締めくくられていた。

神社の名前からして嘘くさい。よくある超自然話《オカルト》だ。しかし、そのときの私は正常な判断などできる状態ではなかった。

私はブログの写真を頼りにその山に入ることにした。もし本当だったら……というあり得ない予感に突き動かされたのだ。

そして、神社はあった。よくある、朽ちかけた小さな社《やしろ》。神社名の刻まれた板は腐っており、『嶽』の文字しか読み取れない状態だった。それが私にしか見えない場所なのかどうか、判断がつかなかった。

格子状の扉の中に御神体が見えた。鏡だった。汚い鏡面にぼんやりと私が映り込んでいる。私は扉の前に清酒を置いて、目を閉じ、手を合わせ、願った。

夫を殺してください。夫を、宮島《みやじま》久則を殺してください。

私の願いはすぐに届いた。

その山の、帰り道のことである。

駅に向かう途中、公園のベンチに私と瓜《うり》二つの女性が座っていた。顔立ちが似ているという次元《レベル》ではない。私と同じ顔だった。

私には双子の姉妹などおらず、アレがすぐに『私』だとわかった。同じなのは顔と背丈だけではない。服装も、そのとき着ているものとまったく同じものだったのだ。

もう一人の自分。ドッペルゲンガーという言葉がよぎった。あり得ないことが起きている。明らかな異常である。神の仕業に違いなかった。

そして私は察した。そうか。私が共犯者を欲しがっていたからだ。だから神はアレを遣わせた。私が二人いれば、計画は遂行できる。

私はアレに近づき、事の経緯を説明した。彼女は曖昧な私の記憶しか持っていなかったが、時間をかけて話すと、徐々に状況を理解していった。ついには私に同情し、そして夫を恨み始めた。私なのだから当然だろう。

私は彼女に当面の生活費とケータイを与え、潜伏してもらうことにした。

それから私たちは計画を練り直した。

私が知り合いに会っている間に、アレに夫を殺してもらう。そうして知人にアリバイを証明してもらえればいい。私がアリバイ作りの役目を担うことにしたのは、曖昧な記憶しか持たないもう一人の私には、知人との会話が上手くできないだろうと考えてのことだった。

そして今、私は計画通りに夜九時に家に着いた。

寝室に向かい、ナイフで刺された夫を発見して叫び声を上げ、警察に通報する。そういう段取りだったはずなのに。

夫は生きており、私と抱き合っていた。

私には、もう一人の私に何が起きたのか、うっすらと察することができた。

もう一人の私にとっては初めて見る夫だ。初めて顔を見て、声を聴き、会話をし、匂いを嗅いだ。夫の機嫌が良いタイミングだったのだろうか。甘言でも囁《ささや》かれたのかもしれない。それとも、もう一人の私の曖昧な記憶が、夫に惚《ほ》れていた時期のものばかりを呼び起こしたのか。とにかく、もう一人の私は、計画を捨て、夫に身を寄せてしまった。

私は黙ってその場から去ることにした。

いや、これでもいい。そうだ。そうだそうだ。これでもいいんだ。これで私は自由になれるじゃないか。


それから二年が経《た》ったころ、ネットに記事が上がった。

『東京都世田谷《せたがや》区の民家で、宮島久則（45）が腹部をナイフで刺され死亡する事件が発生。警察は現場に居合わせた妻の宮島香奈《かな》（41）を殺人の容疑で逮捕したと発表した。動機などはこれから詳しく調べていくとのこと。』

私は驚かなかった。

それはそうだろう。アレは私なのだから。

田中の問題　三日市零

三日市零（みっかいち・れい）

1987年、福岡県出身、埼玉県在住。慶應義塾大学卒業。第21回『このミステリーがすごい！』大賞・隠し玉として、2023年に『復讐は合法的に』（宝島社）でデビュー。

「実は僕、人を殺したことがあるんだ」

突然のカミングアウトに、思わず「は？」と間抜けな声が出た。

放課後の教室、俺たち二人以外は誰もいない。声の主——田中《たなか》は顔色ひとつ変えず、前の席でコーラを飲んでいる。

「……冗談だろ。不慮の事故で相手を死なせてしまったとか、そういう系か？」

「違うね。直接的且《か》つ物理的に、明確な意志を持ってキルした」

擁護のしようがない。とはいえ、家が近所で小中高と同じ学校、いわゆる腐れ縁の田中がこの手の冗談を言わないことは、俺もよくわかっていた。

田中は面白がるように目を細めると、椅子の背もたれを抱えて振り返った。

「良かったら、その時のこと話してあげるよ。興味あるだろ？」


昔々、仲睦《なかむつ》まじい兄妹がいた。兄は妹思いで責任感が強く、妹は朗らかで可愛らしい子どもだった。妹がお気に入りの犬のおもちゃで遊ぶ姿を、兄はいつも和やかな目で見守っていた。

父親は早くに亡くなっていたが、二人は伸び伸び育てられ、幸せな日々を過ごしていた。そう——母親の新しい恋人を名乗る男が現れるまでは。

男は日常的に子どもたちに暴力を振るうクズだった。毎日のように酒を飲み、適当な理由を付けては妹を殴りつける最低野郎だ。兄は妹を守ろうと必死で抵抗したが、力では男に敵《かな》わない。頼みの綱の母親も男に影響されたのか、次第に人が変わったように残虐になり、一緒になって暴力を振るうようになっていった。

兄は必死で考えた。自分が高校を卒業するまで我慢するのでは遅すぎるし、このままでは妹の命も危ういかもしれない。

ある日、ふと目をやったテーブルに大量の郵便物を見つけた瞬間、まるで天啓のように——兄は男と母とを同時に始末する方法を思いついた。

その夜、兄は二人の晩酌用の酒瓶にこっそり睡眠薬を仕込んだ。睡眠薬は元々、母親が処方されていたもので、少量ずつくすねていたことには気付かれていなかった。

翌朝、兄は妹を学校に送り出すと、リビングで眠る男の胸に包丁を突き刺した。凶器の指紋を拭き、同じく隣で眠る母の手に握らせた。仕上げに母のスマホから「ある操作」を行い、部屋に「ある細工」を施した後、兄はいつも通り学校に向かった。

昼休みを迎えたところで、担任が血相を変えて教室に入ってきた。自分の家が火事になり、一人が死亡し一人が重症という結果は、兄にとって申し分ないものだった。

火元はリビングの採光窓の真下、本棚付近だった。本棚の前の床に置いてあったモバイルバッテリーが何らかの原因で発火し、近くの新聞に引火したらしい。通報者は重症の母親で、部屋が炎に包まれていることに気付いて目を覚ましたのだという。

焼け跡からは刺殺された男の遺体と、母親の指紋が付いた包丁が発見された。母親は「自分がやったのではない」と容疑を否認したが、遺体から検出された睡眠薬のこともあり、警察は「母親が男を刺した後、たまたま火災が発生した」と結論付けた。

田中はすっと人差し指を立てた。

「ここで問題。兄はどうやって部屋に火を付けたんだと思う?」

普通に難しい問題である。モバイルバッテリーの発火原因となるのは、電池自体の劣化や高温、水濡《ぬ》れ、過度な衝撃……

「母親のスマホの『ある操作』と、部屋への『ある細工』が鍵なんだよな?」

田中は余裕たっぷりに頷いた。どうやら、仮説の方向性は合っているらしい。

「それに、意図せず共犯者にされた奴がいるよな?」

「鋭いね。続けて」

「妹が好きだった『犬のおもちゃ』って、俺も見たことあるアレか?　音に反応して、てくてく前に歩くヤツ」

田中の笑みは肯定を示していた。であれば、答えはシンプルだ。

俺は一度大きく深呼吸をしてから、答えを切り出した。

「兄は母のスマホから宅配便の再配達を依頼したんだ。同時に、本棚の上にモバイルバッテリーと犬のおもちゃを置いておく。配達員は指定の時間にインターホンを鳴らすが、反応がないのでそのまま帰る。インターホンの音に反応したおもちゃは前に歩き、モバイルバッテリーを床に落とす。窓越しの太陽光で高温状態になったモバイルバッテリーは、落下の衝撃で発火する……こんなとこか？」

田中は楽しそうに拍手を送ってきた。

「完璧だね。さすが」

「でも、こんなのうまくいくとは限らないだろ。不確実すぎる」

「正直、どっちでも良かったんだよ。小火《ぼや》になってくれれば御《おん》の字《じ》、ついでに母親が巻き込まれてくれればなお良しだったけど、そこまでは無理だと思ってた」

母親の死すら可能性の一つに勘定していた田中の憎悪に、背筋が寒くなった。

田中は「さて」と呟《つぶや》くと、話を締めにかかった。

「以上が僕の告白だけど——実は今の話に一つ、嘘《うそ》があったんだ。何だかわかる？」

俺はため息混じりに頷いた。遠隔での放火方法なんかより、よっぽど簡単な問題だ。

男は死んでないとか火事にもなってないとか、そもそも全部が作り話だとかなら、まだ救いもあった。だが、田中の話は概《おおむ》ね事実だ——ただ一つの嘘を除いて。

「……お前は一人っ子だ。妹の身を案じてくれた兄なんて存在しない。虐待を受けていたのも、計画を立ててやり返したのも、全部お前一人だろ？」

田中は指でOKサインを作ると、軽やかに立ち上がった。鼻先で揺れる制服のスカートに、俺は思わず目を逸《そ》らした。

「僕も甘かったよ。一人称が僕だろうが、やせっぽっちで色気がなかろうが、クズ相手には関係ない。守ってくれる兄貴が本当にいたなら、どんなに良かったか」

田中が俺以外の男子とほとんど喋《しゃべ》らない理由が、嫌でも理解できた。

「父親と母親、二人同時に消えてもらわないと、身の安全は保証されない。僕は僕の尊厳を守れない。自分を守るために二人を手に掛けた僕は、悪なのかな？」

震える田中の声を聞いているうちに、自然と拳に力が入った。

悪かどうかなんて、俺にわかるはずない。わかるはずがないが――

「……お前がやったなんて証拠、残ってないだろ」

田中は首を振ると、ポケットからひらり、と一枚の紙を取り出した。宅配便の不在票――再配達を依頼したのが田中だという事実の、何よりの証拠だ。

なるほど。最後の問題は「俺はこの後どうするべきか」か。

それこそ考えるまでもなかった。田中の家庭事情を知りながらも、助ける勇気が湧かなかった自身の弱さを――俺はずっと後悔していたのだ。

俺は不在票を受け取ると、細かく千切ってから後ろのゴミ箱に捨てた。念入りに足で押し込んでやってから、改めて田中のほうを振り返る。

田中は俯《うつむ》いたまま、黙っていた。どんな表情をしているかは、西日の陰で見えなかった。

ありがとう連続殺人鬼　日部星花

日部星花（ひべ・せいか）

2001年、神奈川県厚木市生まれ。お茶の水女子大学卒業。2019年に「DEATH★ガール！」で第2回青い鳥文庫 小説賞金賞を受賞。同年、第17回『このミステリーがすごい！』大賞・隠し玉として『偽りの私達』でデビュー。他の著書に『袋小路くんは今日もクローズドサークルにいる』『光る君と謎解きを　源氏物語転生譚』（以上、宝島社）など。

「今だから言えるが、おれは恋人を殺したことがあるんだ」

友人が古いバーで、ちびちびと安酒を舐《な》めながらそう呟《つぶや》いたのは、十一月八日の夜のことだった。酒に弱く、だからこそあまり飲まない友人が飲みに誘ってきたから何事かあるだろうとは思っていたが――驚きの告白だった。

ぼくは動揺を抑え込みながら、なんとか「なんだよ、突然。おかしな冗談だな」と混ぜ返した。すると、友人は「冗談じゃあ、ないさ」と言った。「……まあ正確には、殺したというか、おれが死なせちまったも同然ってのが正しいんだけどな」

「なんだよ、驚かせるなよ。突然殺人の告白を受けたかと思っただろ」

「悪い。誰かに聞いて欲しかったんだよ。明日は彼女の十年目の命日だからな」

沈んだ顔を見せる友人に、「そうか……」と言い、ぼくは眉尻を下げた。

こういう辛気臭い話を聞かせられるような人間は限られているだろう。それに、ぼくが選ばれたということだ。

友人が落ち込んでいるなら、まあ付き合ってやろうか、と居ずまいを正す。

「それで、その彼女を死なせてしまったっていうのは、どういうことなんだ？　殺したなんて言うほどなんだから、何かあるんだろ」

「ああ。覚えてるか？　とにかく若い女ばかりが沢山殺された連続殺人事件が十年前、あっただろう」

「そんなこともあったなあ」

忘れるはずがない。散々メディアが報道していたし、そもそも年月が経過したからといって、忘れられるような出来事ではない。

「なあ、そんな話題を出すってことは……まさか、お前の恋人、被害者だったのか」

「ああ。今はマシだが当時はあいつもおれも貧乏で、あいつは身体《からだ》売って生計立ててたんだよ。生活のためとはわかっちゃぁいたが、おれはそれが嫌で、よく喧嘩《けんか》したんだ。あの日もそうだった」

「そうなのか。……いや、気持ちはわかるよ。十年前、ぼくの恋人もそういう生活をしてたからな」

この辺りは本当に治安が悪く、売春をする若い女子は珍しくない。そういう仕事をしているとわかっていて、ぼくも当時の恋人と付き合っていた。

「いつもと同じように喧嘩して、泊まりに来たあいつを家から夜遅くに叩《たた》き出した。そんなことをしなけりゃあいつはその日客を取ることも、深夜に事件に巻き込まれることもなかったんだ」

「それは……後悔するだろうな」

「ああ。だから、おれが殺したようなもんなんだ」

そうか、とぼくは頷《うなず》いた。この辺りでは売春行為は珍しくはないこととはいえ、だからといって恋人が他の男と寝ているなんて、普通は嫌だろう。実際ぼくは嫌だったし、ちょうど十年前のその時期は、もはや我慢ができなくなっていた頃だった。

「むごい遺体だったそうだ」友人は暗い調子で続けた。「全身切り刻まれていてな。初めはおれも疑われて警察に尋問されたんだが、結局は捜査の対象から外されたよ。いっそこのまま捕まえてほしいとも思ったほどだ」

「……酷《ひど》い別れ方をしたんだな。そりゃ、十年経《た》っても忘れられないよな」

そう、ぼくも恋人と別れざるをえなかった日を、忘れられないでいる。

十年前のあの日、ぼくは恋人に、売春婦なんてやめて自分と結婚してほしいと恋人に求婚した。

そして彼女はこう答えた。

『はあ？　結婚ですって？　……あんた、誰よ』

当然だが、その答えにぼくは驚愕した。まさか恋人のことを忘れるなんて、と。

おかしいじゃないか。ぼくはそう言って彼女をそうなじった。

君はぼくと寝たじゃないか。ベッドの中で愛を囁《ささや》き合ったじゃないか。身体の関係を持ったのはたったの一回だったけれども、それでも愛を囁き合った以上は恋人だろう。今までは君の生き方を認めるためにも売春で稼ぐのを我慢していたが、これ以上もう他の男と寝てほしくないから結婚してほしいんだ。そう諭《さと》した。

けれども彼女は、それでも気味悪そうにしてこちらを見ていて——ぼくは絶望した。

——絶望して、気が付いたら、彼女は喉を切り裂かれて死んでいた。

そして、ぼくの手には血塗《ちまみ》れのナイフがあった。

事態を理解して、このままでは殺人犯になってしまう。ぼくは慄《おのの》いた。恋人が死んで、挙句殺人犯として逮捕されるなど、最悪でしかない。

焦ったぼくは、この事件を、巷《ちまた》で恐れられた連続殺人事件の一つに見せかけてしまえばいいと思いついた。新聞は斜め読みだったので詳しくは知らなかったが、とにかく惨《むご》たらしい遺体が被害者の共通点だったとは知っていた。だから人相がわからなくなるまで遺体を切り刻んだ。……哀れだとは思ったが、彼女がぼくを忘れていたせいでもあるので、我慢してもらおうと思った。

ぼくの目論見《もくろみ》は成功し、警察は見事、彼女の死を連続殺人事件の一つだと考えた。

——ぼくはグラスの酒を飲み干すと、友人を見た。

「それで、お前の恋人の名前は何て言うんだ？　ぼくにも冥福を祈らせてほしい」

「メアリーだ」

「へえ、そうなのか。偶然だな。ぼくの死んだ恋人も、メアリーという名前だったよ」

そろそろ日付が変わる。彼女が——メアリー・ケリーが死んでから、十年が経つ。

十年前、ぼくが一つの人殺しの罪を押し付けた連続殺人鬼は、未だ足取りを摑《つか》まれずに、逃亡を続けている。

——なので、ぼくの犯した罪を背負ったまま、世間の目から逃げ続けてくれている切り裂きジャック氏には、ぜひともこのまま捕まらずにいてもらいたいものだ。

ハーメルン　白川尚史

白川尚史（しらかわ・なおふみ）

1989年、神奈川県横浜市生まれ。東京都渋谷区在住。弁理士。東京大学工学部卒業。在学中は松尾研究室に所属し、機械学習を学ぶ。2012年に株式会社AppReSearch（現株式会社PKSHA Technology）を設立し、代表取締役に就任。2020年に退任し、現マネックスグループ取締役兼執行役。第22回『このミステリーがすごい！』大賞を受賞し、2024年に『ファラオの密室』（宝島社）でデビュー。

僕は、六歳の誕生日に、祖母を殺した。

十年経《た》って高校生になった今でも覚えている。無数のチューブでベッドに縛り付けられた祖母の息は、浅く、苦しげだった。喉元からチューブを引き抜くと、その表情が一瞬歪《ゆが》み、その後和《な》らいだ気がした。すぐに医師たちが飛び込んできて、蘇生《そせい》に手を尽くし、既に為す術《すべ》がないことを悟ったのか、肩を落とした。

ふと、一人の医師が僕に気づき、蒼白《そうはく》な顔で「君がやったの？」と尋ねてきた。

僕は頷いた。おめでたいことに、褒められるとすら思っていた。

だって、僕は〝お願い〟を聞いただけなのだから。


朝よりも軽い通学鞄《かばん》を抱え、アパートに帰ると、いつもどおりの静寂が僕を迎えた。

父は十年前に家を出て行った。母は仕事だ。玄関の扉を後ろ手に閉めると、台所に直行する。誰も料理をしないので、勉強部屋として使っていた。小学生のときから愛用している学習机に鞄を放り投げ、低い椅子に勢いよく座ると、ミシリと軋《きし》んだ。

鞄からノートを取り出す。ほとんど新品に見えるそれは、今日下ろしたばかりのものだ。科目の別なく、一日にあった教科全てを一冊にまとめている。その内容を、家にある科目ごとのノートに分けて写す作業に取り掛かった。

必要があってそうしているのだが、実はこの作業が記憶の定着に一役買っていると最近になって気づいた。皮肉にもそのおかげで、僕は上位の成績を維持していた。

数学を写し終わったところで、生物のノートが一回分抜けていることに気づく。生物は今日の一限で、その板書を取ったノートが中休みに捨てられてしまったせいだ。比較的偏差値の高い進学校でも、いじめはある。僕の持ち物、特にノートは容赦なく捨てられ、隠され、燃やされた。とはいえ、同じ公立でも小中学校時代に比べれば遥《はる》かにぬるいものだ。学歴が高くなるにつれ、他人にかまける暇な人間は減るのだろう。〝人殺し〟と罵ってくる連中から距離を取るには、勉学に励むのが一番だ。

そうはいっても、頻繁にノートがなくなるのは困る。僕はため息を一つつくと、再び鞄に手を伸ばした。二重底に隠していたスマホと高感度マイクを取り出す。書き起こしアプリが作動中で、今日一日に聞いた音声が文字として表示されていた。

〝耳にはな有もう差イボうってのがあってな振動が伝わる都電黄信号が〟……

アプリのおかげで、授業の内容は文字で残る。聞き間違いや誤変換はあるが、一度は聞いた内容だ。手を動かしながら、考古学者になった気分で一限の生物の授業を修復する。今日は〝有もう差イボう〟――有毛細胞の話だった。耳の中の微細な毛が空気の振動で震えることで、神経が興奮し、脳は『音』を知覚する。

ノートを写し終わると手持ち無沙汰になった。スマホと予備バッテリーを明日に備えて充電器に繋ぎ、時計を見る。十六時。夕飯の買い出しには少し早い時間だ。

母の帰りは、今日も深夜だろう。そう知りつつも足音を忍ばせて居間に入る。押し入れを静かに開き、古びたダンボールを引き出した。整理が苦手な者特有の、なにもかもが雑多に詰め込まれた箱の中。昔の玩具にまぎれて、それはあった。

古いビデオカメラを手にとって、勉強机に戻る。小さな液晶でビデオを再生した。そこには、僕の六歳の誕生日の光景が記録されていた。ひと月前に偶然見つけて以来、もう何度も繰り返し見たそれを、改めて食い入るように見つめる。

僕も知りたいのだ。僕はなぜあの日、祖母を殺したのか。

ビデオの中で、まず若い父の顔が大写しになった。入院中の母と幼い息子の交流を記録に残すためだろう、父が懸命に画角を調整する。ビデオを振る際、奥のベッドに腰掛けた四十絡みの女性が一人、神経質そうに顔をしかめ、ドライバーを片手にラジカセを分解しているのが一瞬だけ映り込んだ。父が三脚を広げて固定し、横たわる祖母を横から映した遠景になると「ユウジはどこかな」僕の名を呟き、父が病室を去る。

画面の中には眠る祖母ひとり。女性の立てるカチャカチャという音だけがカメラの後方から響いていた。祖母の見舞いにはこの日以前にも何度か行ったが、その女性は常に怒りっぽく、いつも得体のしれない機械をいじっていて、僕は怖くて近寄りたくなかった。看護師を捕まえては、『隣のベッドの装置がうるさい』『昨夜は一睡もできなかった』『なぜ私のような天才が四人部屋なのか』『論文を書くのが遅れたら世界的損失だ』『早く個室に移せ』と食ってかかっていたのだが、個室に移るのは重症の祖母の方が優先と説明され、怒り狂って見舞いの僕にも怒鳴り散らしていた。

数分後、画面の中に幼い僕が現れる。一瞬、驚いた顔で立ち止まった後、周囲を見回し、「うん」と頷いた。再び歩き出し、祖母の枕元に向かいながら「うん」「うん」と虚空に相槌《あいづち》を打つ。「わかった」と頷いて、祖母の喉のチューブを引き抜いた。

祖母の体が小さく跳ね、痙攣する。ほどなくして、ベッド横の装置が警報音を上げ始めた。医師たちが駆け込んできて、大声で指示を出し、救命措置を試みる。直後、三脚が誰かに蹴られたのか、天地が引っくり返り、暗転。そこで録画が停止する。

じっと眺めていると、リピート設定により、ビデオがまた初めから再生された。

ビデオの中では、記憶のとおり、祖母を殺したのは間違いなく僕だった。だが、確かに記憶にある声が、どれだけ繰り返し見ても、ビデオからは聞こえてこない。

『私の声が聞こえるかい？』『お願いだ、おばあちゃんを助けてよ』『いいぞ、もっと近づいて』『今だ、喉のチューブを抜くんだ』

あのとき僕は、キンキン声の魔法使いと会話していた。祖母のチューブを抜いたのもそのせいだ。だが、幼い僕がいくら主張しようと取り合ってはもらえなかった。四人部屋で、例の女性に加え、同室していた老婦人二人も、そんな声は聞いていないと証言した。そして現に、こうしてビデオを何度見ても、声は聞こえてこなかった。

目を覚ます。学習机に突っ伏したまま寝ていたようだ。母が帰る前に、ビデオカメラを片付けなければ。時刻を確認しようとしたとき、スマホの書き起こしアプリが起動しっぱなしになっていることに気づく。画面に目を向け、ぎょっとした。

私の声が聞こえるかいうんお願いだおばあちゃんを助けてようんいいぞもっと近づいてうん今だ喉のチューブを抜くんだわかったユウジはどこかな

スマホには、延々と同じ言葉が続いていた。体が総毛立ち、硬直する。

流れ続けるビデオ。呼応するように、スマホに文字が現れる。私の声が聞こえるかい。しかし、耳には何も聞こえない。思わず背後を振り返るが、何者の姿もない。

震える指で、停止ボタンを押す。と、ビデオは止まり、スマホの文字も止まった。

あ、あ、あ、と声を出す。スマホに〝あああ〟と文字が出る。

書き起こしは正常に作動している。なら、一体何が――。

机に広げたままのノートが目に入った。先生は今日、モスキート音についても説明していた。有毛細胞は損傷しやすく、老化の影響を受けやすい。そのため、二万ヘルツ以上の高周波数は、一部の子供にだけ聞こえることがある、と。

僕は全てを理解した。魔法使いの声は、恐らく改造されたラジカセから出ていたのだ。激しい怒りに震えながら、あの女がまだ生きていますように、とそう願った。僕のこの手で、報いを与えられるように。

芋妻　柏木伸介

柏木伸介（かしわぎ・しんすけ）

1969年、愛媛県生まれ。横浜国立大学教育学部卒業。第15回『このミステリーがすごい！』大賞・優秀賞を受賞し、2017年に『県警外事課クルス機関』でデビュー。他の著書に『起爆都市　県警外事課クルス機関』『スパイに死を　県警外事課クルス機関』（以上、宝島社）、「警部補　剣崎恭弥」シリーズ（祥伝社）、『ロミオとサイコ　県警本部捜査第二課』（KADOKAWA）、『革命の血』（小学館）など。

朝目覚めると、妻がジャガイモになっていた。

顔などの見た目を形容しているわけではない。ジャガイモに喩《たと》えられる顔の女性もいるだろうが、今回は違う。お前の嫁はん不細工だからな。そんなコンプラな話ではないのだ。まんまジャガイモになっていたのである。

ビジュアル的に言うなら、私の妻は長ネギに近い。たまげるような美人ではないが、細身でしゅっとしていた。芋だとしても長いも、自然薯《じねんじょ》ではなく人工栽培のまっすぐなそれだった。

もっと言うなら、仮面ライダーなどの怪人――〝怪奇ジャガイモ女〟みたいな顔だけ芋の被り物でもなかった。本当に一個のジャガイモだったのだ。

大きさは大人の握りこぶしより一回り小さい程度だから、ジャガイモとしては大ぶりな方だろう。種類はメークインのように思えた。だから、微《かす》かに長細い。そんなジャガイモが、朝起きると枕に転がっていたのである。

そのジャガイモを手に取ってみた。洗ってあるのか、泥はついていない。皮は乾いていて、艶と張りがある。かなり重みも感じられて、新鮮だ。北海道産と称しても通用するエリート臭が感じられた。

それは嫁はんがお前を捨てて、家を出たんだ。で、嫌がらせにジャガイモを置いていっただけに違いない。皆、そう言うだろう。私も、そう考えた。

私は妻の実家をはじめ友人や知人など、考えられる限りのところへ連絡した。土曜日で、会社は休みだった。

「うちの妻、知りませんか」

そういえば、猫のタマでこんなのあったなあ。そんなことを考えると、自分の間抜けぶりも倍増する気がした。目の前にジャガイモが転がっていればなおさらだ。

結論を言うと、妻はどこにもいなかった。

夫婦喧嘩《げんか》でもして、どこかのビジネスホテルに引きこもってふてくされているのだろう。その意見にも一理ある。

確かに昨晩、喧嘩はした。喧嘩は多い方だと思う。私たちはアラフォーの夫婦で、子どもはいない。作る気はあったのだが、なぜか恵まれなかった。それが原因となるような深刻な喧嘩もあったし、肉じゃがの味つけといったようなくだらないきっかけも少なくなかった。昨晩は肉じゃがレベルだったように思う。

ジャガイモつながりで、芋になった。そんな説も考えたが、科学的でない。それを言うなら、妻が一晩でジャガイモと化すこと自体科学的ではないだろう。

これは、警察に通報する案件だ。普通なら、誰でもそう考える。だが、私はそうしなかった。そのジャガイモは、見れば見るほど妻としか思えなくなってきたからだ。

夜になった。私は料理が得意ではない。夕食には、ピザのデリバリーを頼むことにした。妻は食べなかった。当然だろうと言われそうだが、私は微かに後悔していた。注文したピザは、ジェノベーゼだった。ジャガイモ同士、共食いになってしまう。きっと、妻はそのために食しなかったのだと思う。

翌日は日曜日だ。私は妻と外出することにした。妻と二人、車でドライブなど何年ぶりだろう。妻は助手席に乗せた。転がり落ちないよう、ハンカチとテープで工夫した。チャイルドシートはあるが、ポテトシートは聞いたことがない。

郊外のショッピングモールへ向かった。妻と以前いつデートしたかなど、思い出すこともできなかった。ショッピングモールは混雑していた。妻は、ジャケットのポケットに入れた。気の毒だが、手に持っていれば万引きを疑われてしまう。私にとっては妻でも、他人から見れば単なるジャガイモなのだ。

昼食は、モール内のフードコートで済ませた。妻にはポケットで待機してもらった。満席のフードコートで、向かいの席にジャガイモを置く勇気は私にはなかった。

しかし、ジャガイモは何を食べるのだろう。土から、水や養分を摂取している。その程度の知識はある。だが、すでに掘り出されている妻には根がないのだ。

昼食後、妻と映画を観た。代金は一人分しか払わなかった。これは犯罪ではなく、思いやりだ。妻にチケットを持たせても、係員も困ってしまうはずだ。

夕食の総菜を買って、自宅へ戻った。妻はソファで休ませることにした。久々の外出で疲れたことだろう。人混みはくたびれるものだ。芋を洗うようなという表現を思い出したが、口にはしなかった。妻が怒り出すと困る。

キッチンから、隣の畑が見えた。青々と葉を茂らせている。そういえば、新じゃがの季節だ。隣がジャガイモ農家だと知ったのは、いつだったろう。

妻が、隣の畑に埋められているという可能性はないか。ふと、そんなことを考えた。そうして、入れ替えられた芋が私の寝室に置かれた。考えられなくはないが、非常に高度な技術が必要だろう。強い動機も。そこまでして、妻をジャガイモ畑に埋めたい人物には心当たりがなかった。

その夜、妻と入浴した。いっしょに風呂へ入るなど、記憶の底まで浚《さら》っても思い出すことができなかった。湯船にまで浸かることは断念させた。ふかし芋になってしまう。妻は残念そうだった。

だが妻を食べるという選択肢はない。夫婦だから手をつなぐことやチュー、それこそSEXまで可能だろう。でも、食べるのは不可である。SEXだって夫婦間の同意が必要な時代なのだ。ジャガイモなら、人に食べられることは同意済みでは。そんな意見も聞こえてきそうだが、それは人間の傲慢《ごうまん》というものだ。

次の月曜、私は有休を取った。妻のパート先へ出かけ、退職する旨を伝えた。

「すみません。体調の関係で、これ以上そちらでの仕事が難しくて」

嘘《うそ》ではない。ジャガイモにスーパーのレジ打ちや、商品の陳列は不可能だろう。

火曜日から、私は仕事に戻った。経理関係を担当しているのだが、驚くほど順調に仕事が進んだ。残りたくても仕事がなくなってしまったので、定時で上がった。結婚して以来、初めてのことだった。

帰り道、私は浮き立つ気持ちを抑えながら、夕暮れの道を歩いた。これも、結婚してから初めてのことだ。妻に土産を買おうと考えたが、ジャガイモは何を喜ぶのか分からない。頭に浮かぶのは、ジャガイモを使ったレシピばかりだった。いずれ妻に尋ねてみようと思ったが、答えてくれるだろうか。

家に戻ると、妻はソファに座っていた。朝置いたのと同じ位置だ。当然だが炊事、洗濯、掃除はしていない。それを見ても、私は穏やかな気持ちのままだった。以前は、妻が少しでも家事の手を抜くと喧嘩になった。あの頃の刺々《とげとげ》しさが嘘に思えた。

私は幸せだった。妻にも気持ちを訊《き》いてみた。妻からの返事はなく、黙ってＴＶを観ているだけだ。

そんな生活が三週間続いた。結婚以来、もっとも満ち足りた日々だった。

最近、芽が生えてきた。

真犯人はこの中に　小西マサテル

小西マサテル（こにし・まさてる）

1965年生まれ。香川県高松市出身、東京都在住。明治大学在学中より放送作家として活躍。第21回『このミステリーがすごい！』大賞を受賞し、2023年に『名探偵のままでいて』（宝島社）を刊行。現在、『ナインティナインのオールナイトニッポン』『徳光和夫 とくモリ！歌謡サタデー』『笑福亭鶴光のオールナイトニッポン.TV@J:COM』『明石家さんま オールニッポンお願い！リクエスト』や単独ライブ『南原清隆のつれづれ発表会』などのメイン構成を担当。

「助手くん、断言しよう。真犯人はこの中にいる——この八十億人の中に」

「当たり前でしょ。それじゃ人類全員じゃないですか」

「悪かった。余りにも雑だった」

「先生、推理はもう少し丁寧にお願いします」

「丁寧にいうと八十億一九八七万六千とんで八九人だ。これはアメリカ国勢調査局の最新データでね」

「いや、丁寧ってそういうことじゃないんですよ」

「ん。お腹がピヨピヨ鳴ってるぞ、腹ペコくん」

「お腹はそんなに可愛《かわい》く鳴りませんよ。鳴ったのは携帯です——あ、これは大変だ」

「どうしたというんだね、腹ペコくん」

「その雑な渾名《あだな》が気に入った理由が訊《き》きたいところですが時間の無駄ですからスルーします。タレコミ屋からのメールが入りました。犯人に関する重要なデータです」

「なんだって」

「謎に満ちた今回の撲殺事件——その犯人は、男性なのだそうです」

「よし、絞れてきたぞ。真犯人はこの中にいる——この四十億人の中に」

「八十億をざっくり二で割っただけですね」

「そうか、また雑で悪かった。丁寧にいうと八十億一九八七万六千とんで八九人だ」

「もういいですって。失礼ながらその〝とんで〟のくだりが無性に腹が立ちます」

「いや、しまった。こいつは弱ったぞ」

「今度はなんなんですか」

「奇数だから二で割れない。ど、どうすればいいんだ」

「泣かないでくださいよ、ハンカチです。とりあえず約四十億としておきましょう。あ、待ってください。またタレコミ屋から犯人の正体についてのメールが来ました」

「今度はなんだ」

「男性である、ということに加えましてですね。犯人は、ネットニュースのコメント欄にいつも『この芸人さんで一度も笑ったことがない』と書き込んでいたそうです」

「むう……それじゃあ残念ながら、四十億からはまるで絞れんな」

「そんなことはないでしょう。たしかによく見るカキコミではありますけど、さすがに容疑の対象が四十億ってことはないと思うのですが」

「いや、世の男は全員そう書き込んでいるだろう。そもそも私がそうなんだから」

「マジですか。いや、あのカキコミをしていると宣言した人を初めて見ましたよ」

「誉めてくれてありがとう」

「……どういたしまして。あ、またメールです」

「今度こそ絞っていきたいところだね」

「喜んでください、これはだいぶ絞られてくるんじゃないかな。犯人は、フィギュア・スケートの技——トリプル・ループ、トリプル・ルッツ、トリプル・トウループ、トリプル・アクセル、トリプル・サルコウの区別がまるでつかないのだそうです」

「分かったぞ。真犯人は——この八十億人の中にいる」

「また増えんのかよ」

「そもそも〝トリプル〟という語感があまりに強いというかカッコ良すぎるんだ。だから人類全員、後ろのほうの文言が全くアタマに入ってこないんだよ」

「まぁ分かるような気はしますけれど、コンプラ的にはほぼアウトな発言ですね」

「いいかね。フィギュア・スケートで私もすぐに分かる技はひとつだけだ。ほら、背中を大きく反らして滑っていく実に優雅な技だよ。その名も——」

「イナバウアーですね」

「君はクビだ」

「えっ」

「何年の付き合いなんだね。その言葉は私がどうしてもいいたいやつじゃないか。ていうかおじさん全員が年に一度はいいたいやつじゃないか。悪いが、君はクビだ」

「こんなひどい解雇の理由がありますかね。訴えますすよ」

「私が悪かった」

「簡単に謝るんですね」

「本当に辞められたら困ってしまうからね。名探偵という人種は、助手から〝先生〟って呼ばれないことにはまるで恰好《かっこう》がつかないんだよ。この通りだ。許して欲しい」

「いや、頭を上げてください先生。本気で怒ってるわけじゃないです」

「安心したよ、腹ペコくん」

「それも語感だけでいいたいやつだろ。名誉棄損で最高裁まで争いますよ」

「私が悪かった」

「今回だけは許します。あ、またメールが来ましたよ」

「今度こそもっと絞りたいものだね」

「ええと──犯人は年賀状にこう書いていたのだそうです。『お近くにお越しの際はお気軽に遊びに来てください』と」

「げげっ」

「げげってなんですか」

「それは他ならぬ私だからだ。どういうわけかそんなつもりなどまるでないのに年賀状には毎年必ず『お気軽に遊びに来てください』と書いてしまうのだ。だが考えてみたまえ。ろくに会ったこともないほぼ他人のような人物が、もしも本当に正月早々やって来たらどう遊べばいいのだ。羽子板か。コマ回しか。いずれにしても盛り上がるはずがないだろう。あまつさえ、双六《すごろく》でそいつに負けたりしたら一年じゅう気分が悪いじゃないか。あぁ。やっぱり犯人は私だ。殺したのに寄る年波で忘れていただけだったのだ。私は死刑だ。死刑になるのだ」

「いや自虐的過ぎますって。年賀状制度と死刑制度って世界線が違い過ぎますって。あの、先生。もう泣くのは勘弁してもらえませんか。ハンカチです」

「何度も悪いね、腹ペコくん」

「返せ、ハンカチを。もう二度と貸すか」

「悪かった。じゃあ今後はハンカチくんということで」

「あんた殴られたいのか。あ、またメールが来ました。今度は警察からです」

「ほう、また新情報かね」

「先生……大変です。これまでのタレコミ屋からの情報はすべてガセでした」

「なんだって」

「喜んでください。事件は無事に解決したそうです」

「今までの会話はなんだったんだ……だがまぁ解決したのならよしとするか。で、真犯人はどんな人物だったのだね」

「動物園から逃げたオランウータンでした」

「人類でさえなかったのか……」

人を呪わば　平居紀一

平居紀一（ひらい・きいち）

1982年、東京都生まれ。岐阜大学医学部卒業。現役医師。第19回『このミステリーがすごい！』大賞・文庫グランプリを受賞し、2021年に『甘美なる誘拐』でデビュー。他の著書に『「白い巨塔」の誘拐』『時空探偵　ドクター井筒の推理日記』（以上、宝島社）がある。

あの男を殺さなければ、死んでも死にきれない。

これは言葉遊びではなく、事実、私は成仏もできずに、まだこの世をさまよっている。肉体を持っていたとき、私は霊なんかあるわけないと思っていた。臨死体験なんて、脳のバグに過ぎない。肉体が滅び、すべてがバラバラになって原子にもどれば、脳細胞でやりとりされる電気信号でしかない意識は消滅する。永遠に。

そう信じていたのだが、現実はそうではなかった。恨みや怒り、憎しみなど、現世に強い執着が残った霊は、その思いから解き放たれない限り、無にもどれないのだ。

まさに自分が『四谷怪談』のお岩《いわ》さんと同じ境遇にあるのだと気づいて、私は愕然《がくぜん》とした。私を殺したのは、工藤祐介《くどうゆうすけ》。四年も付き合っていたのに、有名レストランチェーンのひとり娘、水本《みずもと》さやかと知り合うと、あっさり私を捨てた。

それどころか、私のお腹に祐介の子どもがいるとわかると、トラブルを恐れて私を殺したのだ。もう一度やり直そう、などと甘い言葉で山あいの温泉に誘い、森の奥で首を絞めたのだった。「おれの人生から消えてくれ」「おまえがいるとチャンスをつかめないんだ」と呻《うめ》きながら、氷のような目で見つめられた瞬間の恐怖は忘れられない。私の喉の骨は、祐介の強靱《きょうじん》な指でたちまち砕けてしまった。

祐介は良識的なインテリを気取っていたが、本音は徹底した見栄っ張りだった。私と付き合ったのも、私が世間的には一流とされる大学に在籍して、ミスキャンパスに選ばれたからだろう。そんな祐介がFラン女子大を出た、顔面偏差値も平均以下のさやかを本気で愛するわけがない。自分の将来のために私を裏切ったのだ。

だが、いくら祐介とさやかの周りをさまよってみても、かれらは私の気配さえ感じとれないらしい。祐介が水本家の両親を前に、見え透いた好青年ぶりを演じていたり、さやかとのピロートークで「きみみたいに本気にさせる女は今までいなかったよ」などと甘い声でささやいたりする。すぐそばでそれを聞かされながら、何もできない口惜しさといったらなかった。

ところが、二人に付きまとっているうち、私は不思議なことに気がついた。祐介の口にした言葉は、そのまま私の意識に届くだけだが、さやかの場合は彼女が口をつぐんでいても言葉が聞こえてくる。いや、聞こえるというより、直接に響いてくるのだ。

さやかは腹話術でも使っているのだろうか、と初めのうち私は思った。まさか。恋人と二人きりのときに腹話術を使う女がどこにいる。

「あなたはわたしを愛してなんかいないんでしょ。そのくらい、わかってる」

あるとき、はっきりそう聞こえた。ギョッとして祐介の顔を見たが、まるで聞こえていないみたいに、穏やかな微笑さえ浮かべている。

そうじゃない、聞こえていないみたい、じゃなくて本当に聞こえていないのだ。だとすると、いま聞こえたのは、さやかの心の声なのだろうか？

それから私は祐介にはかまわず、さやかの内心の声を聴くことに集中した。そして、さやかの思いが私の中に流れ込んでくるように、私の祐介への思いもさやかの心に浸み込んでいくことがわかってきた。私が祐介に抱いている気持ちが、さやかの中で不信感、忌避感、さらに厭離《えんり》の思いから憎悪へと育っていくのに、時間はかからなかった。そう、私はだんだんとさやかの心を操れるようになっていたのだ。客観的に表現するなら、私の怨念がさやかに憑依《ひょうい》したと言ってもいい。

殺意にまで高められた祐介への復讐心。肉体を失った私には、それはけっして果たすことのできない思いだった。しかし、私はさやかという肉体を手に入れた。さやかの身体を乗っ取って、祐介への恨みを晴らす。このすばらしい思いつきに、私は有頂天になった。私もようやく「成仏」できるだろう。

工藤祐介は、伊豆《いず》にある水本家の別荘近くで死んだ。夕焼けの海を背景にセルフショットを撮ろうとして、崖から落ちたのだ。隣りにいたさやかが悲鳴に振り向いたときには、もう祐介の姿はなかった――というのは、唯一の目撃者となったさやかの証言で、実際には彼女が祐介の胸を突いたのだった。

なぜ、その瞬間、さやかの胸に強い殺意が燃え上がったのか、祐介はもちろん、さやか自身にもよくわからなかったに違いない。祐介が自撮り棒を握った腕をいっぱいに伸ばしたとき、さやかの両手がみぞおちを押した。「えっ!」と叫んだきり、彼はバランスを取ろうと必死の形相で両腕を振りまわした。自撮り棒を奪って腹を突いてやると、祐介は信じられないものを見たという顔で、まっ逆さまに落ちていく。

さやかの口から「死ねっ」と叫びが洩《も》れた。ありったけの私の憎しみを乗せて、声は小さくなっていく祐介を追いかける。

そのときだった。

「どうだい、他人に取り憑《つ》いて憎い男を殺した心境は?」

地の底から響くような暗い声が意識を貫いた。見ると、呆然《ぼうぜん》と立ち尽くすさやかの後ろに、ゆらゆらと揺れる影がある。影は濃くなったり薄くなったりしながら、ゆらりと近づいてくる。影の中からぼんやりと男の顔が浮かんだ。

あっと私は息をのんだ。「あなたは……」

「ほう、憶《おぼ》えていてくれたようだね」

影は薄く笑ったようだった。吉野恒夫《よしのつねお》だ。いや、自殺したはずの吉野の亡霊か。

「ぼくがしくじって会社を手放さなければならなくなったとき、きみはあっさり工藤祐介に乗り換えたね。会社ときみが生き甲斐《いがい》だったぼくは、あれで生きる意志を失った。しかもきみは、突然住まいもケータイも替えて、いっさい連絡を絶った」

「あなたは自分の意志でビルから飛び降りたんじゃないの。ひとのせいにしないで」

「相変わらず、自分本位にしかものを見られないんだな。死霊となって他人に取り憑けるのが、どうして自分だけだと思うんだ」

「……どういうこと?」

「祐介が山奥できみを絞め殺したとき、彼はぼくに取り憑かれていたんだよ。たぶん祐介はなぜ自分がそんなことをしでかしたのか、わからなかっただろうね。きみがその彼女を使って祐介を殺したように。つまり、それがぼくからきみへの復讐だったのさ」

　そんなひどい、と私は叫んだ。なんて卑怯《ひきょう》な男なの。せっかく薄れた祐介への憎悪がたちまち吉野恒夫に向かって燃え上がった。影はふいに頼りなく薄れ始めた。

「これでぼくの怨念は晴れた。やっと消えていける。この世から解放されるんだ」

　けれどきみが救われることはない、と吉野のささやきは風の中から聞こえた。「これからきみは、ぼくへの恨みを忘れられなくなるからだ。なのに、ぼくはもう存在しない。けっして晴らせない怨恨を抱えて、きみは永久にさまようのさ。永久にね」

死神です。

三好昌子

三好昌子（みよし・あきこ）

1958年、岡山県生まれ。大阪府在住。嵯峨美術短期大学洋画専攻科卒。第15回『このミステリーがすごい！』大賞・優秀賞を受賞し、2017年に『京の縁結び　縁見屋の娘』でデビュー。他の著書に『京の絵草紙屋　満天堂　空蝉の夢』『京の縁結び　縁見屋と運命の子』『狂花一輪　京に消えた絵師』（以上、宝島社）、『朱花の恋　易学者・新井白蛾奇譚』（集英社）、『室町妖異伝　あやかしの絵師奇譚』（新潮社）、『無情の琵琶　戯作者喜三郎覚え書』（PHP研究所）など。

「初めまして、死神《しにがみ》です」

USAのロゴが大きく胸に入った白Tシャツに、喪服のような黒のスーツを着た男が、そう言って俺の前で軽く頭を下げた。ツンツンした金髪に金色のピアス。首には金のチェーン。やたらと白い肌をしているが、顔の造りは東洋系。チグハグなファッションともあいまって、実にチャラい見た目だった。

その時、俺は学校の屋上にいた。風がえらく強い日だった。ほんのりと暖かい風に乗って、桜の花びらが舞っていた。

（こいつ、頭がおかしいんじゃねえ？）

咄嗟《とっさ》にそう思ったが、すぐに「死神って、何それ？」と尋ねていた。ちらりと俺の顔を見上げた男の目が、聞いてくれ、と言わんばかりだったからだ。

「死神というのは、人間が我々のことをそう呼んでいるだけで、正しい言い方ではありません」

男は得意そうに話し出す。見かけの割りには、物言いは丁寧だ。

「我々は、人の寿命を管理するのが仕事なのです。つまり、命の管理官……」

「なら、やっぱり死神じゃん」と言ってから、俺はやっと気がついた。

「なんで、俺の前にいるの？」

「それは、ご自分の目で確かめた方が……」

死神は、妙に芝居がかった仕草で、片腕を側の柵の方へと伸ばしてみせる。

西棟と呼ばれるこの校舎は五階建てだ。中庭を挟んで東棟がある。二つの校舎は、三階と五階にある渡り廊下で繋《つな》がっていた。

俺はためらいながらも、男の示す柵の方へ近づき、そっと下を覗《のぞ》き込んだ。校舎からは、次々と人が走り出ていた。教室の窓という窓には、生徒たちが集まっている。どこか遠くで救急車のサイレンが聞こえ、それがしだいに大きくなった。

突然、死神に背を強く押された。（落ちる）と思った次の瞬間、俺は地上にいた。すぐ目の前に俺が倒れている。仰向《あおむ》けになり、頭からは夥《おびただ》しい血が流れ出ていた。手足はまるで人形のようで、ピクリとも動かない。

「つまり、こういうことでして……」

思わず吐きそうになった俺の隣で、死神が言った。俺は再び屋上に戻っていた。

「俺、死んだの？」

「つまり、手違いがありまして」

「なんだよ、手違いって……」

俺は死神の襟元を摑《つか》んで詰め寄った。手違いで死なされてはたまらない。

「あんたが悪いのよ」

咎《とが》めるような女の声が聞こえた。振り返ると、一人の女が両腕を組んで立っている。

黒のジャケットに黒のタイトスカート。赤いパンプスを履き、白いブラウスの襟の辺りには、赤いスカーフが巻かれていた。肩にかかる真っ黒な髪に、真っ赤な口紅。肌の色はやはり白すぎるほど白い。よほど怒っているのか、ひどくむくれている。

「お前、誰だ？」

俺は死神から手を離すと、女に目をやった。

「私は彼の担当」と、女は五メーターほど離れた場所を、その尖《とが》った顎の先で示した。見ると、そこにはもう一人生徒がいる。小柴《こしば》だった。小柴は魂が抜けたような様子で、柵にもたれて座り込んでいた。

小柴とは小学校の頃から仲が良かった。同じ高校に進学したことで、俺たちの友情は今も続いている筈《はず》だった。だが、小柴は両親の希望で医学部を目指すようになった。元々、成績も良かったので、親も期待をかけたのだろう。塾だけでなく、家庭教師までついているという。高校二年に進級した今は、クラスも違っていたこともあり、ほとんど付き合いはなくなっていた。

「人間一個体につき、一霊体の寿命管理官が付くのが決まりでして」

乱れた上着を直しながら、死神が言う。

「私はあなたの担当、彼女は、あちらの方《かた》の担当でして。本当なら、ここから飛び降りて亡くなるのは、彼だったのです」

思い出した。俺の教室は、真向かいの東棟の五階にある。席は窓際で、この屋上がよく見えた。あの時、屋上に小柴がいた。小柴は柵に両手をかけ、明らかに乗り越えようとしていた。それを見た俺は教室から飛び出し、一気に五階の渡り廊下を走り抜け、屋上へ出る階段を駆け上がった。

「俺は小柴を助けようとして……」

なんとか小柴を引き戻したが、その反動で、俺の身体が柵から飛び出してしまったのだ。

「彼、ノイローゼ気味だったのよね。親の期待には沿いたいけれど、どうすることもできない。成績も下がり始めて、もう限界だったのよ」

と、小柴担当の女はため息混じりに言う。

「だから、今日、ここで彼の命は尽きる筈だった。それが寿命であり、それが運命であり、彼の魂を天へ戻すのが、私の仕事だったわけ」

女は細く長い人差し指を、ピシリと俺の眼前に突きつける。その尖った爪まで赤い。

「それを、あなたが邪魔をした」

「起きたことは、起きたこととして……」

死神は女を宥《なだ》めると、改まったように俺に向き直った。

「で、どうします？　やり直しますか」

俺はすっかり面食らってしまった。だって、俺はもう死んでしまっている。長時間の巻き戻しは、天のお役所にバレるのでできないが、十分ほどなら、もう一度やり直せるのだ、と死神は言った。

「あなたは何もしなくていいんです。そうしたら、本来の予定通りに事が運べますので」

「それって、小柴が死ぬってこと？」

「あなたの寿命は先が長い。それを、他人のために犠牲にするのですか？」

俺はしばらくの間考えた。やはり、即答はできなかった。だって、俺はまだまだ生きていたかったから……。だけど、たとえ時間が戻ったとしても、俺はやっぱり同じことをするだろう。何度頭の中で繰り返してみても、答えは一つだった。

「小柴は他人じゃない」

友達なんだ。だから、これでいい。

お祓い　桐山徹也

桐山徹也（きりやま・てつや）

1971年生まれ。埼玉県出身。日本大学藝術学部文芸学科卒業。第15回『このミステリーがすごい！』大賞・隠し玉として、2017年に『愚者のスプーンは曲がる』でデビュー。他の著書に『ループ・ループ・ループ』（以上、宝島社）がある。

「マンションの部屋に霊が出るんです。それも決まって、水曜日に……」

お祓《はら》いの依頼に来た西田《にしだ》さんは、向かいの椅子に浅く腰かけたまま重い声で言った。

「最初に起きたのは二ヶ月くらい前でした。その日は早めに仕事が片付いたんです。ソファに座り何気なく窓のほうに目を向けたら、そこに黒い影のようなものが――」

西田さんは銀縁の眼鏡を指で押し上げ、眉をひそめた。

「驚いてすぐに真奈美《まなみ》を呼んだんです。でも真奈美は、『何のこと』って……」

俺は腕を組み小さく頷《うなず》いた。

「なるほど。西田さんが見たその黒い影は、奥さんには見えていなかったということですね」

「はい。もしかしたら泥棒や変質者かもしれないと思い、慌ててゴルフクラブを取りに行ってベランダを覗いてみたんですけど、誰もいませんでした。二階なのでベランダから飛び降りて逃げたという可能性もあるんですが――」

目を伏せたまま、俺は静かに言った。

「ただ奥さんには何も見えていないということになると、それが人ではなかったとも考えられますね」

不安そうな表情を浮かべ、西田さんが頷く。

「それから少し経《た》ったころに、また奇妙なことが起きたんです。仕事から帰りドアを開けたら、リビングのほうでガタンという音が何度もして、慌てて見に行ったんです。真奈美は体調がすぐれないといってベッドで寝ていました。誰もいないところでそんな音がするなんて、いわゆるラップ音というやつなのではと」

「確かにそうなると、心霊現象という可能性が高くなってきますね」

そう言うと、西田さんは身を乗りだすようにしてこちらを見つめた。

「それで二週間ほど前に、とうとう真奈美もそれを見たようで。わたしが帰るなりいきなり駆け寄ってきて、すぐに逃げようと言い出して。ずいぶん怯《おび》えていました。とにかくここにはいたくないと言うので、そのまま近くのファミレスへ行きました」

西田さんが怯えたような表情で視線を落とす。

「しばらくして部屋に戻ったのですが、そのあとは何も起こりませんでした」

そして小さく息をつき、呟《つぶや》くように言った。

「思い返してみると、それがすべて水曜日だったんです。さすがに気味が悪くなって」

「つかぬことをお伺いしますが、以前そちらのマンションで事件や事故があったという話は――」

「いいえ、わたしもそう思って管理会社に問い合わせたりネットで調べてみたんですが、何もありませんでした」

「そうですか」

俺はあごに手をやり、椅子の背にもたれた。

そのとき西田さんが袖のあたりを見ながら、「そこ、ボタンが一つ取れているみたいですね」と言った。見ると確かにスーツの袖のボタンが一つなくなっていた。

「ああ、どこかに落としたのかも」

周囲に目をやっていると、足元のあたりをごそごそと探していた西田さんが、「ありました、テーブルの下に」と声を上げた。

「すみません、ありがとうございます」

そう言ってボタンを受け取ったとき西田さんがふと目を上げ、

「ところで、ちょっとお伺いしたいことがあるのですが」

と神妙な面持ちで言った。

「霊というのは、物理的な攻撃は効くのでしょうか」

「……といいますと」

よく意味がわからず聞き返す。

「ゴルフクラブで殴りつけたり、灯油を浴びせて火をつけたり、スタンガンで感電させたりというような――」

西田さんはいたって真剣な様子だった。

「たぶん、そういうのは効かないと思いますけど……」

俺は苦笑しながら答えた。

「今度出たらやってみようと思って、準備だけはしているんですよ」

「はあ……」

あまりの真剣な表情に狂気すら感じ、苦い笑みのまま目を伏せた。

「では、いつお祓いに来てくださいますか」

そう言われ、俺は内ポケットから出した手帳をぱらぱらと捲《めく》った。

「それが、ちょうどいま予約で埋まっていて……。もしよろしければ御札《おふだ》をお渡ししますので、それでやってみてはいかがですか」

「わたしにできますか？」

「ええ、もちろん。まず玄関に盛り塩をして、部屋の中にその御札を貼ってみてください。もしそれでもおさまらないようでしたら、お祓いをしてみましょう」

「わかりました。ありがとうございます。真奈美も喜ぶと思います」

そう言って西田さんは御札を受け取ると、頭を下げ事務所を出て行った。

俺はポケットから携帯を出し、すぐに電話をかけた。

「もしもし俺だ、しばらく会うのはやめよう。もし今度見つかったらゴルフクラブで殴り殺されるか、焼き殺されるか、さもなきゃスタンガンで――」

そのとき、背後で事務所のドアがガチャっと開いた。振り返ると、ドアの前には西田さんが立っていた。俺は慌てて電話を切った。

「すみません、ちょっと聞き忘れたことがありまして」

西田さんがゆっくりと中へ入ってくる。

「話のあいだ、わたしはずっと『真奈美』と言っていたのですが、あなたはすぐに『奥さん』と言いましたよね。わたしは一度も妻とは言わなかったんですよ。どうしてわかったんでしょう。もしかしたら彼女かもしれないし、妹かもしれないですよね」

小さく首をかしげながら、西田さんが近づいてくる。

「それからさっきのボタン、じつはここじゃなくて、マンションの部屋に落ちていたものなんです。なぜあなたのボタンが、うちにあったんですかね」

眉を上げ、真っ黒な瞳でじっとこちらを覗き込む。

「あ、そうだ。ところで、ここの定休日っていつでしたっけ」

俺は額に浮いた汗をぬぐい、かすれた声で答えた。

「……水曜日です」

「そうですか」

西田さんは鞄の中をごそごそと探り、スタンガンを取り出してにっこりと笑った。

「どうやらわたしにも、お祓いができそうです」

アフター・コロナ　福田悠

福田悠（ふくだ・ゆう）

1963年生まれ。京都府出身。第16回『このミステリーがすごい！』大賞・隠し玉として、2018年に『本所憑きもの長屋　お守様』でデビュー。他の著書に『前略、今日も事件が起きています　東部郵便局の名探偵』（以上、宝島社）がある。

「検査の結果、コロナでした」

掛かり付けのクリニックの医者は、池上《いけがみ》の思考停止に付き合ってくれるはずもなく宣告した。鼻水にのどの痛み、そして微熱。風邪《かぜ》と決めてかかっていた。大事を取ってクリニックを受診したのは、半月後に勤務先の出版社のイベントを控えていたからだ。幸い日数を考えれば、それまでには治癒しているだろう。

二〇二三年五月の初めから、新型コロナウイルスの感染法上の位置付けが季節性インフルエンザと同じ五類に移行し、それから五か月余り経《た》った今、職場や町中ではマスクを着けない人々も増えている。これでは感染しても、症状が軽くて医療機関を受診しなかったりすると、自覚のないまま周囲の人々に感染を広げてしまうに違いない。みんながまた自由に旅行をし、お祭りやイベントなども次々に復活しているのは喜ばしいことなのだが、同時に人々の「コロナは命にかかわる感染症だ」という危機感も急速に鈍化しつつあるのが恐ろしい。

そう考えたところで、自分が誰かに移していないか心配になりだした池上は、昨日、打ち合わせで顔を合わせた二、三人の作家に電話を掛け始めた。

白鳳社《はくおうしゃ》主催の『第五十回　金田一賞』の受賞パーティが、四年ぶりに帝都《ていと》ホテルで開催された。立食形式の会場に設置されたテーブルには料理や飲み物が並べられ、招待された多数の関係者がグラスや取り皿を持って回遊魚のごとく歩き回っている。受賞者がステージの上で挨拶を終え、列席者の拍手に包まれた。金田一賞は一般公募の賞だが、プロ、アマを問わず応募することができる。

すでに体調も回復し、他の編集者たちとスーツ姿で会場に目を配っていた池上だったが、テーブルをひとつ隔てたスペースで向き合って話す顔見知りの二人の作家を目にするや、胸中に苦いものが広がった。池上はさりげなく近づく。

「最終選考に残って落ちる人って、受賞者と紙一重のようでいて、実際は月とすっぽんほどの開きがあるのよね。そういえば、あなたもそうだったかしら」

そう言って含み笑いを浮かべるのは、有名女流作家の財前葵《ざいぜんあおい》。自己主張が旺盛《おうせい》で、作家生活四十年の貫禄、年相応に派手さを抑えてはいるものの超高価な服装、そして歯に衣《きぬ》を着せぬ鋭い舌鋒など、あらゆる意味で一番目立っている。

葵は池上と同年配の相手の男性作家——藤崎伸《ふじさきしん》をあからさまに見下すと、ワイングラスを手に歩き出す。池上は、葵と入れ違いに藤崎に話しかけた。

「藤崎先生。先日はすみませんでした。あれから体調はいかがですか」

じつは発熱した直前に、打ち合わせをしていた作家のひとりが彼なのだ。

「ご連絡、ありがとうございました。大丈夫、何ともありませんよ。この前テレビで財前先生が持病があって大変だと仰《おつしや》ってましたけど、お元気そうですね」

藤崎の穏やかな笑みにほっとする。どうやら彼は感染していなかったようだ。

この二人の作家の確執は、十年前、藤崎の作品が財前が選考委員を務める金田一賞の最終選考に残ったことに始まる。下読みを経て二次選考を通過した作品の中から彼の作品を強く推しつつ、プロ作家五人が審査員を務める最終選考に上げたのは池上自身だ。ところが五人中、四人の審査員が絶賛する中、財前葵ひとりが受賞に異議を唱えた。それればかりではなく、池上から見れば「少々の瑕瑾《かきん》」ですませられるような欠点をあげつらい、「警察組織を想像で書いている」「取材不足」、さらには「作品作りに安易な妥協をするのであれば、物を書く資格はない」とまで痛烈に批判した。結局、他の四人の審査員のうち二人が財前に賛同したせいで、藤崎は受賞を逃した。その後も彼は同賞に応募して最終選考に残ったが、その都度、同じような経緯が繰り返された。

報われない努力に疲れ果てたのか、結局、藤崎は別の賞に応募して受賞し、今では兼業作家として細々と書き続けている。

葵が藤崎の作品を執拗《しつよう》に批判したのは、自信のなさの裏返しだったのではないか、と池上は思う。当時の葵はスランプで、小説を発表するたびにネット上で叩《たた》かれていた。もともと実際に起きた事件や社会問題を題材に作品を書くことが多かった彼女に対し、読者は「想像力なさすぎ」「どこかで読んだような話だと思ったら、週刊誌だった」などと、容赦なく批判した。

そこに、正反対のタイプである藤崎が現れたのだ。彼には未熟な点はあったものの、読み手が目を見張るような発想力があった。そして、その豊かな発想と独特の世界観は前例のない作品世界を構築していた。自分にはできない切り口で読者を魅了する彼の作品を読むたびに、ことさら己の欠点を思い知らされるようで、彼女の心は荒《すさ》んでいったのではないか。葵にとって、作品をとおして藤崎の才能を見せつけられることは、読者から直接的な批判を浴びせられるよりもなお、プライドを切り刻まれることだったのかもしれない。

池上の苦い心中をよそに、藤崎はといえば、擦切れたスーツをひらつかせ、あちこちで料理をあさり始めている。生き生きとミステリーを語り、志の高かった十年前の彼はもういない。そういえば先刻の葵の態度も、軽蔑《けいべつ》以外のなにものでもなかった。かつてダイヤの原石であった藤崎は、葵にとって、もはや叩く価値すらない砂利石になり下がったのだ。

白鳳社文芸編集部に、財前葵の訃報が舞い込んだのは、それから三か月後のことである。持病の腎不全が急激に悪化したことによる心筋梗塞が直接の死因だった。しかし、その引き金となったのは、新型コロナウイルスに感染したことだ。新型コロナは健康な人が感染した場合はおおむね軽症ですむが、高齢者や内臓疾患のある人々にとっては重症化のリスクがある。ウイルスが弱った臓器を攻撃するからだ。池上は、釈然としない気分で携帯をタップした。

「藤崎先生。本当は、コロナに感染していたんじゃありませんか」

原稿の進捗《しんちょく》状況を確認するついでを装って尋ねると「まさか」と、笑われた。

今ではコロナに感染するかどうかは運と、あくまで個人的な予防対策の有無による。

しかしあのパーティでなら――なおかつ自分が感染していることと相手に持病があることを知っていれば、故意に移すことも可能だろう。藤崎を舐《な》め切った葵の取り皿――あるいはグラスに、あらかじめ容器に入れて隠し持っていた唾液を混入することなど容易だったはずだ。だが、そのようにすべてが計画的な犯行だったとすれば、自分も葵も完全に欺かれていたことになる。

――あのパーティで見せた藤崎の情けない様子は、擬態だったのか。

「そうそう。ニュースで見ましたが、財前先生はお気の毒でした。後進の身としましては、先生の分までいい作品を書き続けなければと思いますよ」

電波の向こうで、穏やかな――だがこれまでと違って、どこか晴れ晴れとした笑みを浮かべる藤崎が目に浮かぶ。

池上は、ぞっと寒気を感じた。

三位の男の世界　綾見洋介

綾見洋介（あやみ・ようすけ）

1984年生まれ。東京工業大学大学院修了。第15回『このミステリーがすごい！』大賞・隠し玉として、2017年に『小さいそれがいるところ　根室本線・狩勝の事件録』でデビュー。他の著書に『その旅お供します　日本の名所で謎めぐり』『Xの存在証明　科学捜査SDI係』（以上、宝島社）がある。

空から降ってきたのは、死体だった。

森名《もりな》隆夫《たかお》は飛び出んばかりに目を見開いた。

どうして死体が。いや、そんなことはどうでもいい。それよりも、死体が降ってきたおかげで、計画が台無しだ。

あってはならない。ここに、死体が二体もあってはいけない。

雪が残る大地に膝を着く。切り刻むような寒風が身を包んだ。

長野県飯山《いいやま》市の閉鎖されたスキー場近くの崖の下。

森名は振り返り、数メートル先を見た。そこには友人の町田進《まちだすすむ》が横たわっていた。

頭から出血し、手足は変な方向に曲がっている。息はない。

先ほど森名が殺したばかりだった。

森名はドローンレーサーだ。

五年前、国内有数のドローンレースの大会で表彰台の三位に上がった。二位が町田で、一位は長谷川敦《はせがわあつし》という男だった。

独自に改良したドローンと操縦技術を駆使して、己の力を尽くし合う。当時の順位がその後の人生を決めた。

長谷川は実績を買われ、大手電機メーカーに就職。災害時の捜索用ドローンの開発に従事している。二位の町田も、ベンチャー企業の《ソニックスカイ》に就職した。

過疎地域で物資の配送に活用する物流ドローンの開発に関わった。

それに引き替え、森名はどこからも声は掛からず、未だに定職に就いていない。ドローンレースも毎年、出場しているが、五年前の表彰台を最後に入賞すら逃している。

思えば五年前のレース、本当なら森名が優勝してもおかしくはなかった。隣で操縦していた長谷川が興奮したのか、突然、奇声を上げた。そのせいで手元が狂った。当時は殺意さえ抱いたものだ。

それでもこの五年間はそう悪いものでもなく、好きなドローンを飛ばせて満足だった。それに、同じく大会で出会い、意気投合した四位の三木佳織《みきかおり》と交際できた。幸せを嚙《か》み締める日々だった。

それが、だ。今年の大会で、町田が冷やかしにやって来た。

「あれ。森名じゃん。まだレースに出てたんだ。いいなあ。俺もレースのことだけを考えればいい生活に戻りてえよ」

どこか小馬鹿にした態度だった。

町田は優男風のルックスで、女たらしの奴だった。そこまでは、いい。

あろうことか、交際中の佳織にまで手を出し、佳織を奪い去った。許せるものか。

殺意が湧き起こった。町田から誘いの電話が来たのはその直後だ。

「最大積載量が六十キロの新型ドローンを開発したんだ。試運転をしたいんだが、どこかに良い場所はないかな」

訊《き》けば、僻地《へきち》を想定した試運転が必要らしい。池や湖があると尚《なお》、良いようだ。

天啓を得たと思った。

「良い場所がある。俺もドローンの練習に利用しているんだ。案内してやるよ」

当日、町田はワゴン車に大きなプラスチック製の箱とドローンを積んでやって来た。箱の中身は本番を想定した重量物で、万が一、落下しても大丈夫な物らしい。

森名が先導し、目的の場所に着いた。

レース用ドローンはFPVと言って、操縦者は専用のゴーグルをする。ドローンに搭載したカメラ映像を受信して、ドローン視点の映像を見ながら操縦する。

一方、運搬用ドローンは自動操縦が基本だ。しかし、悪天候や鳥などからの襲撃に備えて、今回、町田はFPVによるマニュアル運転をするらしい。

「あそこの見晴らしの良い高台が操縦しやすいだろう。俺は邪魔にならないよう、下のほうで練習しておくよ」

町田は提案通り、高台に立った。岩肌が露出した地面だ。前方には十メートルほどの崖のような急斜面。辺りは足跡が付く程度に雪が残っている。

森名は町田の様子をドローンのカメラで観察する。ドローンにはカメラの他、対人用に前部に横長のプラスチックカバーを装着した。

やがて、町田はドローンを飛ばし始めた。ばりばりと、流石《さすが》に音が大きい。離れた崖の下にいてもわかる。機体は幅、奥行き共に二メートル近くに及び、高さも一メートル近い。重量は三十キロほどか。頭上に落下したら一溜まりもないだろう。

森名は操縦に集中している町田の背後にドローンを回し、足首に照準を合わせた。地面を這《は》うようにドローンを突撃させ、町田の足を掬《すく》った。

町田の体はふわっと浮き上がったかと思うと、勢いよく、後頭部から地面に激突。そのまま急斜面を転げ落ちていった。

ドローンを近づけ、町田の顔を窺う。頭から血を流し、ピクリとも動かなかった。実際に、町田が倒れている場所に向かい、死亡を確認する。崖を見上げる。町田の立っていた場所に森名の足跡はない。すなわち、他殺の可能性は認められない。完璧だ。

警察に通報した。町田の試運転を見学する予定だった。それが来てみたら町田が倒れている。息をしていない。と、悲しそうに告げた。

後は警察の到着を待つだけだ。これで事故を装える、はずだった。

その時だった。上空から死体が落ちてきたのは。

死体が二体もあれば当然、警察は事件性を疑う。うち一体は空から降ってきたなどという怪奇現象だ。入念な捜査が行われる。町田の足首に何かがぶつかった痕跡に気づき、森名のドローンとの関連性を見出すだろう。

遠くで微《かす》かにサイレンが聞こえ始めた。焦燥感が込み上げてくる。もう、終わりだ。

念のため、空から降ってきた死体の胸にもう一度、手を当てた。やはり死んでいる。

くそっ。誰だ、お前は。泣きそうになりながら、顔をまじまじと見る。

ん？

どこか、長谷川に似た顔立ちだ。……長谷川ではないか。

心臓が跳ねた。

死体は一位の長谷川敦、その人だ。一体どうして。

ハッとした。

五年前、長谷川の奇声により、順位を落としたのは森名だけではなかった。

町田もまた、長谷川に恨みを抱いていたのではないか。町田は長谷川を殺し、死体を隠すためにこの地を訪れたのではないか。

町田のドローンは最大積載量が六十キロと言っていた。人を運べるほどだ。

町田が崖から転落した後、町田のドローンはコントロールを失い、上空を不安定に彷徨《さまよ》ったはずだ。やがて、積んでいた荷物が落下。箱から中身が飛び出し、森名の前に落ちた。それが長谷川の死体だ。

ばりばりという、上空からのもの凄い音に気づいたのはその時だった。

見上げると、巨大な黒い影が眼前に迫っていた。

赤いブタの謎　井上ねこ

井上ねこ（いのうえ・ねこ）

1952年、長野県岡谷市生まれ。中京大学法学部卒業。趣味は詰将棋創作で、詰将棋パラダイス半期賞、日めくり詰め将棋カレンダー山下賞を受賞、詰将棋四段。第17回『このミステリーがすごい！』大賞・優秀賞を受賞し、2019年に『盤上に死を描く』でデビュー。他の著書に『花井おばあさんが解決！　ワケあり荘の事件簿』『赤ずきんの殺人刑事・黒宮薫の捜査ファイル』（以上、宝島社）がある。

「赤の……ゴ……ブタ……」

河川道に倒れていた男は、焦点の合わない眼でそう言うと、体から生気が抜け出したように動かなくなった。飯島《いいじま》紗栄子《さえこ》は震える指でスマホの番号を押して救急車を呼んだ。


「それがね。轢《ひ》き逃げされていた男性はあの小野《おの》さんだったのよ」

マレットゴルフのスティックに体重を預けるようにして飯島は、花井《はない》朝美《あさみ》に向かって言った。花井は「小野」という名前に表情を曇らせた。

「小野さんはどうしてあんなところにいたの。散歩するような人に見えなかったけど。それと逃げていく自動車は見えなかったの」

「道路の方から何か大きな音がしたから、なんだろうと土手を駆け上がってみたら、小野さんが倒れていたというわけ。ダイエットしないと体がきついわ」

花井は顔をあげ河川道のほうに首を伸ばした。高齢女性にしては背が高い。

「たしかに、擁壁《ようへき》が邪魔になって道路は見えないね。これではどんな車だったのかはわからない」

納得したというように花井は軽く頷いてから、言葉を続ける。

「問題は小野さんが残した言葉ね。常識的に考えて、自分を轢いた車についてだと思うんだけど。意識が遠のいていく状態で論理的な思考は出来ないわね。五匹の子豚というマザーグースの童謡があったけど、関係なさそうだし」

「警察に伝えても、意識が混濁して訳のわからないことを話したんだろうと、相手にしてくれなかったの」

小野という男はワル自慢をするいわゆる不良老人で、トランプで賭《か》けをしたり、酒を飲んでマレットゴルフをして同好会を出禁になっていた。ギャンブル仲間の寺田《てらだ》という男とよく連んでいる。

「出禁になった小野さんでも元は同じ仲間だったから。その言葉の謎を解いてあげたいわね」

花井はポシェットから飴《あめ》を取り出すと口に入れた。ゆっくりと飴を噛《か》みながら、小野の言葉の意味を考えているようだ。飯島は何かを思いついたように手を打つと、スマホ画面を開いた。

「赤いブタがポイントかも知れない。精肉店の自動車とかどうかしら。車体に宣伝目的でそんな絵が書いてあったりするじゃない」と弾《はず》んだ声で飯島は言った。

何かを言いたそうに口を開きかけた花井は「そういうこともあるかもしれないね。とにかく行動してみようか」と言った。

「市内周辺の精肉関係の店を当たってみたのよ」飯島はそう言うと、花井に自分のスマホ画面を見せた。そこにはマップ上に精肉店が表示されていた。

　飯島が運転する軽自動車で店を回ることにした。車中で小野の話題が出る。

「正直に言って小野さんには良いイメージがないのよ。だって、私の年齢が六十九歳と知ったら『なんだ後家《ごけ》か』って言ったのよ。私の旦那はまだ生きているというのに。まったく失礼な男」

「今時、後家とか言うのはマズイわよね」

　飯島の愚痴に同意した花井だったが「あっ」と小さく声を出すと、スマホで検索を始めた。

　二人で精肉店を回ったが、赤色の自動車を使っているところはなかったし、車体に動物のイラストを描いたものもなかった。飯島は自分の推理が間違っていたのではと考え「探偵ごっこはやめようかしら。小野さんの可哀想《かわいそう》な姿を見たから、犯人逮捕に協力したいと思ったんだけど」とうつむきながら、小声で言った。

「飯島さんのそうした気持ちは大事よ。私にちょっとした考えがあるから、もう少しつきあってもらえない」

　気を取り直した飯島は「いいわよ」と明るく返事をした。

「小野さんの遊び仲間の寺田さんに聞きたいことがあるの。会員名簿を写真に撮ってあるから、住所を言うわ」

寺田は留守のようで、家から出てきた中年女性に彼の行き先を尋ねると「図書館か、なんとかゴルフに行っているんじゃない」と素っ気ない答えが返ってくる。

飯島と花井はお互いの顔を見合わせた。

「小野さんと寺田さんがよく二人して道路の路肩に座っていたのは、家に居場所がなかったからだったのね」

「それは本当なの？」という花井の問いに「最近よく見かけたわ。車が通るたびに何か二人で言い合っていたけど」

飯島の答えに、花井は目を輝かせると「二人はギャンブルをやっていたのね」と満足そうに呟いた。すぐに携帯電話をかけ始めた。

「大隅《おおすみ》君。轢き逃げ事件があったと思うけど。被害者の小野さんとその友人寺田さんの関係者で赤い車を所有している人のナンバーを調べてもらいたいのよ。下二桁が『55』というものがあると思うんだけど」

次の日。轢き逃げをしたとして寺田と、友人女性が平野《ひらの》署に出頭したというニュースが流れた。

飯島は詳しい話を聞くために、花井を喫茶店に誘った。

「小野さんは寺田さんと道路を通る自動車のナンバープレートで賭けをしていたのよ。下二桁の数字を足して、9に近い数字が一番強いという単純なものね。飯島さんの車なら24だから6になる。外に駐車している自動車は12で足すと3、だから飯島さんの車の勝ち。ま、こんな感じよ。寺田さんは知り合いの車のナンバーが55で足すと0になることを利用して、小野さんを騙《だま》そうとしたんだと思う。ここぞというときに知人の車をスマホでこっそり呼ぶ。あの河川道はほとんど自動車が通らないからね。うまく引っ掛けたと思ったら、小野さんがナンバーをよく見ようとしたのか、歳のせいで転んだのか、自動車に轢かれてしまった。そこであわてた寺田さんは現場から逃げてしまった」

「小野さんの謎の言葉は、赤い自動車でナンバーが5ということだったのね。それは理解出来るけど『ブタ』というのはなんだったの」

「数字が5と5で足すと0、一番弱い数字の0をギャンブル用語で『ブタ』と呼ぶの。ギャンブル脳の小野さんはとっさにその言葉が出たというわけ」

「花井さんが名探偵だという噂《うわさ》を聞いていたけど、本当だったのね。私もそんな能力がほしいわ」

深いため息をつく飯島に、花井は慰めるように言った。

「飯島さんの言葉がヒントになって、謎が解けたのよ。小野さんが言った『後家』と言うのは別の意味で使ったのよ。六十九歳の6と9を足してみると5、ギャンブルでは5のことを『ゴケ』と呼ぶんだよ」

サウナを極めし者　蒼井碧

蒼井碧（あおい・ぺき）

1992年生まれ。上智大学法学部卒業。第16回『このミステリーがすごい！』大賞を受賞し、2018年に『オーパーツ　死を招く至宝』でデビュー。他の著者に『遺跡探偵・不結論馬の証明　世界七不思議は甦る』（以上、宝島社）がある。

天は二物を与えず、男に一物《いちもつ》を与えたり。

というのは有名なことわざを捩《もじ》った造語であるが、我ながら最低というか、品性に欠けるというか。

だが、いつだってそれが問題なのである。

蒸し暑いサウナの浴室の中、目の前に相対しているこの人物は、はたして男か、それとも女なのか――。


私はサウナをこよなく愛する善良な小市民だ。ほんの少し前までは、賭《か》け事で稼いだ日銭で何とか食い繋《つな》いでいるような生活を送っており、素行も褒められたものではない荒くれ者だった。だが、サウナと出逢《であ》ったことで人生が一変した。

その日はいつもよりもツキが回っていたようで、懐にそれなりの余裕があった。いつもならば晩酌に消えるはずの金だったが、街を歩いている中でたまたま目に留まった銭湯に何となく足を踏み入れたのだった。

何が会話のきっかけだったのかは覚えていないが、その銭湯の常連だというご老人と話しが弾み、ご一緒にいかがでしょうかと、サウナに誘われたのである。

科学的な根拠の一説として、高温のサウナで交感神経が活性化すると、アドレナリンが分泌され、その状態で水風呂や外気浴で体を冷やすことで、今度は血圧や心拍数を抑える副交感神経が優位となり、深いリラックス効果が得られるのだという。「サウナー」と呼ばれるサウナ愛好者たちは、これを三、四セットほど交互に繰り返すことで、より深い多幸感に浸っている。このトランス状態は、サウナーたちの中では「ととのう」という言葉で共通言語化しており、私もこの日以来、すっかりサウナに嵌《はま》ってしまったのだった。

「ととのう」ことを知った私はまず、傷跡として残ることも厭《いと》わず、腕に彫っていたタトゥーを消した。公共の入浴施設では、入れ墨やタトゥーを入れている者について、入浴を禁止しているところが大半である。実のところ公衆浴場法に抵触する法律違反ではないのだが、一般論として、ほかの客が威圧感を覚え、客足が遠のくことを恐れての対応であるので、至極当然の話である。

それからは、各地の有名なサウナホテルや入浴施設を巡ることが新しい趣味となった。

どうしても先立つものは必要になるため、給料こそ少なかったが、真っ当な仕事に就いて、定収を得た。初めのうちは戸惑うこともあったが、良縁にも恵まれ、仕事を楽しむことができるようになった。自らの態度や物腰も、以前よりもはるかに落ち着いたものとなり、心身ともに良好な状態を保っていられている。

どこかの偉人が、心が変われればやがて運命が変わる、という金言を残したらしいが、まさにそれだ。

私は心を整えたことで、運命を変えたのである。

順風満帆な生活を過ごしていた私に、新たな悩みの種が生まれたのは、二ヵ月ほど前のことだった。

近所の風呂屋がサウナ施設としてリニューアルオープンするという情報を仕入れていた私は開店当日を待って、早速現地を訪れることにした。

お目当ての施設では、街中の温泉や銭湯ではあまりお目に掛かれない「バレルサウナ」という樽《たる》型のサウナ小屋が楽しめると聞いていた。

バレルサウナは、サウナ発祥の地である北欧フィンランドにおいて、古くから親しまれてきた伝統文化である。浴室は巨大な木の樽を横に倒したような形状になっていて、室内にはサウナの熱気とともにヒノキの香りが微かに漂い、ゆったりとしたくつろぎの時間が堪能《たんのう》できる。愛好家の中には、決して安くない金額を払って、自宅用のバレルサウナを購入する者もいるという。

脱衣所を出た私は逸《はや》る気持ちを抑えながら、掛け湯で体を清め、バレルサウナの扉を開けた。円を模した室内には、最奥にストーブの上で暖められた香花石《こうかせき》が置かれており、タオルが敷かれた両脇の長椅子は、大人三人くらいが向き合う形で座れるほどのスペースとなっている。一番風呂ということもあってか、他の客はまだいない。

香花石に手桶から汲《く》んだ水を掛けると、熱の籠《こも》った蒸気が室内に充満する。

腰を据えてしばらくサウナを満喫していると、扉が開き、一人の入浴客が室内へと入ってきた。斜め前に座ったその人物を見て、私はどきりとした感情に見舞われる。

小柄な人物で、肩から下を覆い隠すようにタオルを身に纏《まと》ったまま、正座をしている。肌は透き通るほどに白く、汗の浮かぶぱっちりとした睫毛《まつげ》と、彫刻のように完成された横顔は男性にしてはあまりに可憐《かれん》だった。この場所がバレルサウナということもあってか、北欧の妖精でも現れたのではないかと、一瞬錯覚してしまうほどだった。

そんなまさか、という思いが先行しながらも、私の疑念が鎮まることはなかった。緊張でサウナとは別の汗が出てきたようにも感じ、私はそそくさと浴室を出た。去り際、一瞬だけ目が合ったが、こちらの様子を窺《うかが》うような瞳がやけに印象に残った。

バレルサウナ自体は満足のゆくものだったので、それからも何度かこのサウナ施設を訪れていたが、結構な頻度で、疑惑の彼、もしくは彼女と相席することがあった。挨拶程度ならば軽く交わすようにもなったが、小動物のようなハスキーボイスを聞かされることで、混乱はさらに増すばかりだった。

そして今日、このままではいけないと、ようやく私は覚悟を決めた。

男性は男湯に、女性は女湯にという道徳的な話もあるが、どちらかというと一人のサウナーとしての使命感が大きい。

渦中の彼または彼女は、サウナの後、タオルを身に付けたまま冷水のシャワーで身体を冷やしていた。だが、これでは勿体《もったい》ない。首までしっかり水風呂に浸かってこそ「ととのう」感覚が最大限に楽しめる。

バレルサウナで二人きりの状況になったタイミングを見計らい、私はおずおずと声を掛けた。

「ここだけの話にしておきますが、実は私、知ってしまったんです。そのタオルの下に隠されている秘密を」

言うまでもないが、はったりだ。目論見《もくろみ》通りならば注意喚起となり、万が一私の勘違いだったとしても、変な人のレッテルを私が貼られるだけで済む。

私のかま掛けに、相手は驚いたような表情を浮かべ、黙り込んでしまった。やがて、

「場所を変えましょうか」

そう言われ、私たちは脱衣所へと移動する。周囲に誰もいないことを確認してから、私の目の前でゆっくりとタオルを脱いでいく。

（良かった。どうやら勘違いだったみたいだ）

安堵《あんど》したのも束《つか》の間《ま》、彼がこちらに背を向ける。私は絶句した。

彼の背中には、それは見事な昇り龍が彫られていたのである。

結局、私が真実を公にすることはなかった。告発すればまず間違いなく彼は出禁になる。問題はその後だ。私のほかに秘密を知る者がいなければ、必然的に私が密告者だと思われるだろう。お礼参りなど御免被る。いつものようにサウナで汗を流していると、面妖で蠱惑的《こわくてき》な微笑《ほほえ》みが視界の端に映った。

悶々《もんもん》とする日々は、もうしばらく続きそうだった。

竜胆の咲く場所　黒川慈雨

黒川慈雨（くろかわ・じう）

1984年生まれ。東京工芸大学芸術学部デザイン科中退。第17回『このミステリーがすごい！』大賞・隠し玉として、2019年に『キラキラネームが多すぎる　元ホスト先生の事件日誌』でデビュー。他の著書に『珍名ばかりが狙われる　連続殺人鬼ヤマダの息子』（以上、宝島社）がある。

俺は今、無敵の人になった。

倒れた男の頭に何度も何度も鉄パイプを振り下ろす。男が呻《うめ》き声を上げながら許しを請うように両手でガードしようとするが、容赦せず滅多打ちにした。コンクリート打ちっぱなしの床の上に放射状に血しぶきが広がる。男がピクリとも動かなくなると手を止めた。

馬鹿が。俺にケンカ売るからそーなるんだよ。

そこは寒々とした吹きっさらしのビルだった。建設途中らしく、コンクリートの床には、建築資材やブルーシート、工具、新聞紙なんかが無造作に放ってある。

ここなら、絶対捕まらない。

二人目の男は角まで追い込んだが、逆にナイフを手にして半狂乱になって反撃してきた。そのうちの一振りが、上手い具合に俺の腹に突き刺さる。

うん、大丈夫。痛くない。

俺はさっき殺した男から奪っていたナイフを手に取ると、逆に男の腹目がけて躊躇《ためら》うことなく突き返してやった。一度引き抜いては刺し、引き抜いては刺し、刺せるところは全部刺した。豚肉の塊に包丁を入れた時のような、たしかな手ごたえがあった。

それを見ていた最後の一人の男が、情けない悲鳴を上げて逃げ出した。

逃がすか。

俺はすぐに追いつくと、手を伸ばし、相手の長い金髪を摑んだ。振り向いた男の顔面を力いっぱい殴りつける。一撃で倒れた相手に馬乗りになると、さらにそこから何発も何発も拳を落とす。人を殴ったことなんて、生まれて初めてだった。男の顔が、見る見るうちに膨らんで、血だるまになっていった。それでも止めなかった。ようやく殴り疲れ、男の上から退くと、そこに特大のコンクリートブロックが転がっているのが目に入った。俺はそれを持ち上げると、男の顔の上まで運んでパッと手を放した。

はあ、はあ、はあ、はあ。

全員始末し終えると、今になって両手が小刻みに震えはじめていた。気づけば顔や髪や手の平から爪先まで、全身が返り血を浴びてべったり血塗《ちまみ》れだった。自分で自分がまだ信じられない。自分がやった事の重大さが、後から実感として押し寄せてきた。

俺、人を殺したのか？　俺は人殺しなのか？

広いホールの真ん中で、俺は背を向けて立つ女を見つけた。

その瞬間俺の中に、抑え切れない衝動が湧き上がっていた。たぶん今の俺は興奮しまくって、アドレナリンがドバドバ出ているんだと思う。

後ろから、その華奢《きやしや》な背中を思いっ切り抱きしめた。驚いた女が、腕の中で身じろぎして抵抗しようとする。俺はぎゅっと力を入れてそれを無理矢理抑え込んだ。

「ラン、俺」

「リュウ⁉」

長い髪の首元に顔を埋め、匂いを嗅いでやった。甘い匂いがする。ずっとこうしたかった。俺の腕や体についた血が、ランにべったりへばりつくが気にしない。なりふり構うか。

「なあ、俺あの日言ったよな。学校帰りに、好きだって。あっさりフられたけど」

「ちょっと、やだ……っ」

「でもやっぱり諦められねー。好きだ……好きだ。俺、お前が好きだ、ラン……鈴《すず》蘭《らん》」

少しずつ、ランが大人しくなっていった。俺はランをこっちに向かせると、腕の中で見つめ合った。

困ったように、少し怒ってみせてはいるけど、本心では決して嫌がってないことが、幼馴染《おさななじ》みの俺にはわかる。

ランがまた何か言おうと口を開きかけたが、それより先に、俺はキスしていた。

俺のファーストキスだ。ランは、たぶん違う。鼻息を荒くして、そのめちゃくちゃ柔らかい唇を貪る。どれだけ嫌がられたって、もう止められない。

寒風が音を立てて吹き抜けても、今は何も寒くなかった。古新聞がカサカサと音を立てて足元を鬱陶しく舞うので、右足を使ってそれを踏みつけた。
まるで夢のようだった。
違う。
これが夢だってことは、とっくにわかってる。
文字通り、夢中だったのだ。
俺は、この時間が永遠に終わらないことを願った。
この明晰夢《めいせきむ》が。

＊

帰宅途中の中学生暴行
◇月★日午後四時頃、同県××町の公園にて、帰宅途中の近所の中学校の生徒男女二名が、未成年で無職の男三名から暴行を受ける事件が起きた。特に男子生徒が女子生徒をかばい、集中的に被害を受けた。すぐに病院に搬送されたが、意識不明の重体。
気づけば、視界は見飽きた病院の白い天井で埋め尽くされていた。目が覚めたのだ。
ああ、終わった。俺のなろう小説ばりのスーパーチートタイムが。

「リュウ、おはよう」

今日も傍らにランがいるらしい。俺が新聞でも報道されたあの事件によって全身麻痺《まひ》で寝たきりになって以来、毎日のように病室にお見舞いに来てくれている。

「この前、弁護士さんから言われたんだけどね。今はもう、子供だからって許される時代じゃないって。だから、犯人達には厳罰が下るはずだ、って。よかったね」

ああ。あいつら、罰ならもう受けてるぞ。俺がやっといた。

「ごめんね……私のこと、かばってくれたせいで」

ランの涙が俺のベッドにパタッ、パタッと落ちる音がする。

あーあ。夢の続きやりたかったな。ランのその顔、もっとぐちゃぐちゃにして……。

指先一つ動かすことすらできない俺は、天井のシミを見つめて夢の余韻に浸った。

「ねえ、リュウ……」

言いかけて、ふいに、俺の視界がのぞき込むランの顔でいっぱいになった。ベッド脇の椅子から立ち上がったらしい。……あ。

ランが俺に、口づけた。

「私、本当はリュウ……竜胆《りんどう》のこと、ずっと好きだったんだよ」

今すぐ布団から、飛び出して抱きしめたかった。それができない、自分の身体がただ恨めしかった。こんなに、側にいるのに。

夢の中なら、できたのに。

ゼロで割る　くろきすがや

くろきすがや

菅谷淳夫と那藤功一の二人による作家ユニット。第16回『このミステリーがすごい！』大賞・優秀賞を受賞し、2018年に『感染領域』でデビュー。他の著書に『ラストスタンド　感染領域』。また、那藤功一名義での単著として『バイオハッカーQの追跡』（以上、宝島社）がある。

「ゼロで割る方法を、うん、見つけたんです」

昼食の懐石弁当を食べていると、目の前に座った青年が、おずおずとした口調で言った。

学生だろうか、研究者だろうか、いずれにせよまだ二十代だろう。手入れもせずに伸ばしただけの黒い髪の毛、痩せぎすで、メタルフレームの眼鏡を掛けている。先ほど私が講演していた間、舞台袖にいるのを見たような気がする。

前に、永久機関を発明したから話を聞いてくれ、という人物に会ったことがあるが、ゼロで割る方法を発明した、という人間に会うのは初めてだった。

青森の弘前《ひろさき》市にある津軽《つがる》工科大学から、「是非とも先生に」、という急な講演依頼があったのは先月のことだ。おそらく三月中に経費を消化してしまわねばならなかったのだろう。大急ぎで準備し、ようやく資料を講演に間に合わせた。

それなのに、だ。

遠路はるばる来てみると、私を呼んだ張本人である数学科の笹森《ささもり》という教授は、アテンドを若いゼミ生に丸投げしたまま姿すら見せない。

ゼミ生に「笹森教授は？」と訊《たず》ねると、「急用ができまして」というお定まりの返事が返ってきた。

講演を終え、控室で昼食をとっていると、件《くだん》の長い髪の青年が断りもなく私の前に座った。あまりにも自然な振る舞いだったので、制止するのを忘れたほどだ。

私は箸を置いて、青年の目をまっすぐに見た。

「残念ながら、ゼロで割ることはどうやってもできないんだよ」

効果があるかどうかわからないが、ゆっくりと諭すように青年に言った。

限りなくゼロに近い数で割ることならできる。それを数学の世界では「ゼロ極限」と言い、その場合、結果は無限大に発散する。

数学の世界では、ゼロで割ることは、鬼か悪魔のように嫌われている。十九世紀最大の数学者フリードリヒ・ガウスは、「ゼロで割ることなど、想像すらしてはいけない」と言った。

「先生はさっきの講演で、うん」青年が言った。「次元際ミュンヒハウゼン理論とは、二つの次元が、うん、互いに数学的に交信し合う理論だと、うん、説明されましたよね？」

私は頷《うなず》いた。

「ぼくの理論でも、うん、ゼロで割るという演算をラップして、うん、それを別の次元にいったん保存するんです。で、整えられる状態になったら、うん、ラップを開けて中身を整えるんです」

　青年は、言葉の切れ目のたびに、うん、うん、という短い音を挟むのが癖になっているようだった。

「この別の次元っていうので、うん、活路が開けたんです」青年は深く頷きながら言った。「実は始まりは、うん、もっとずっと前なんですよ。最初に、うん、インスピレーションを受けた人は、うん、リチャード・ファインマンです」

　私は大きく溜息《ためいき》を吐《つ》き、そこで一拍置いた。

「きみ、それ、論文にまとめたのかい？」

　こんなトンデモ理論が、論文にまとまるわけがない。無意味な会話を終わらせたくて、そう言ったまでのことだった。

「まとめました。それで、うん、その論文を笹森先生に提出し、受け取っていただきました」

「受け取られたのか」

　私は呆気《あつけ》に取られた。笹森という教授は、とんだ食わせ物かも知れない。トンデモ論文を受け取るし、いまだに姿を見せていないし。

「それで、リチャード・ファインマンの、うん、量子繰り込み理論ですが……」

　青年が、こちらを窺《うかが》うような目つきで言った。

「ファインマン?」

遠いむかし、大学の教養課程で聞いた名だ。

「ファインマンの、うん、量子繰り込み理論では、うん、量子のふるまいのわからないところは、うん、いったんわからないままラップで包んで、その包んだラップごと取り扱います。それと同じです。今までは、その包んだ後のゼロ除法のラップの置き場所がなかった」青年の話し方は、次第になめらかになっていった。「でも次元際ミュンヒハウゼン理論の別の次元を用意して、そこにゼロ除法のラップを一時保存しておけば良い、と分かったんです。だから、ぼくの数学では、ゼロ除法は発散しない」

この青年の言っていることには、一理あるような気がした。

計算結果を出そうとするから、ゼロで割ると無限大に発散してしまう。無限大は状態であって、値ではないからその時点で計算不能になる。だが、そこで結果を出そうとせず、問題を先送りしてしまえばよい。恐らくこの青年はそう言いたいのだろう。

私は青年の語る数学の未来に、次第に魅了され始めていた。

青年は、夢見るような表情で、歌うように続けた。

「ぼくのゼロ除法を使ったら、ホーキング博士の提示したビッグバン後の特異点問題も容易に解決できました。出てくる無限大はあとで直すんでね。論文では、そのあたりのことにも言及して……」

「特異点問題を解決した？」驚いて、青年を遮《さえぎ》って聞き返した。

「ええ」青年は自信に満ちた表情で頷くと、「その論文が、来月号の『マセマティカ』に掲載されます」と続けた。

「なんだって？」私は、思わず立ち上がった。

アメリカの『マセマティカ』と言えば一流の学術誌だ。そこに掲載されることは、この青年ひとりが勝手に主張するのとはわけが違う。彼の論文が、少なくとも英米の一流の数学者たちの査読を通ったことを意味する。

つまり、正しい、ということだ。

「でも……『マセマティカ』の論文は、うん」青年はいつの間にかもとの口調に戻っていた。「ぼくの名前じゃなく、笹森教授の名前で、うん、掲載されるんです」

私は絶句した。それは論文の盗用ではないか。

「ぼくの名前では、うん、だれにも読んでもらえない、うん、だから笹森先生の名前で発表すると」

青年の顔は、涙と鼻水でぐじゃぐじゃになっている。

「昨日の夜、うん、先生の書斎で、うん、その話を聞かされて……悔しくて悔しくて、うん、それで気がついたら、うん、机の上にあったラップトップで、うん、笹森先生の頭を……」

お馴染みの天井　歌田年

歌田年（うただ・とし）

1963年、東京都八王子市生まれ。明治大学文学部文学科卒業。出版社勤務を経てフリーの編集者、造形家。第18回『このミステリーがすごい！』大賞を受賞し、2020年に『紙鑑定士の事件ファイル　模型の家の殺人』でデビュー。他の著書に『紙鑑定士の事件ファイル　偽りの刃の断罪』『紙鑑定士の事件ファイル　紙とクイズと密室と』（以上、宝島社）がある。

「お前はもう死んでいる」

もしそう言われたなら、たいていの人は衝撃を受けるだろう。しかし今の私は、まったく逆の言葉を言われることによって衝撃を受けた。

すなわち、「あんたはまだ死んでいない」だ。

なぜって、今、私は白い壁の病室の天井の辺りに浮かんでいて、ベッドに横たわっている私自身を見下ろしていたからだ。

つまり私はもう霊魂となって肉体から離れ、天国なり地獄なりに行こうとしているところなのだ。そう、私は死んだのである。

自動車での単独事故だった。徹夜仕事が明けた朝、郊外の大通りをスピードを出して走っていて、ついウトウトしてしまいガードレールに激突。回転した車から投げ出された。頭を強く打ったところで意識が途絶えた。気が付いたらこのとおり、病室の天井に浮いていたというわけだ。きっと致命的な脳挫傷を負ったのだろう。

思えばこれまで死にもの狂いで働いてきた。生き急いでいたと言っていい。疲れていた。そんなせわしない人生が今、突然ピタリと止まった。最初は驚いたが、やがて諦め、死を受け入れて、今は安寧に包まれてさえいる。

だがベッドの横に立つ白衣の恰幅《かっぷく》のいい男――医者だろう――が、私に「あんたはまだ死んでいない」と断言したのだ。衝撃である。

白衣の男は続けた。「あんたは今、病室の天井にいて我々を見下ろしているかも知れない。だから、もう自分は死んで霊体となってしまったと思っているだろう。しかし、それは錯覚だ」

え、錯覚だって？　どういうことだ。

「あんたは〝幽体離脱〟という言葉を知っているだろう。そういう場面をマンガやテレビや映画で見たかも知れない。たいていは病院の個室の白い部屋ということになっている。そして浮かんでいるのはそうしたお馴染みの天井だ」

そのとおり。今は白い壁の病室の天井付近にいる。

「そういった既存のイメージがあんたの頭にVRのようなものを見せているんだ。そして浮いている方のあんたはアバターでしかない」

テレビゲームのような喩《たと》え話だ。しかし説得力がある。

「名古屋《なごや》市大のある先生は〝ラバーハンド錯覚〟とか〝フルボディ錯覚〟なんていうワードを使って説明している。詳しく引用してもいいが、今のあんたの頭には入ってこないだろう」

そうだ。これ以上難しい話はこんがらがる。

「しかしよく考えてみてくれ。あんたは車の事故を起こしてしまった。意識不明の重態だ。運び込まれるのは集中治療室のはず。事故からまだいくらも時間が経《た》っていない。呑気《のんき》な白い壁の個室などに移されてはいない」

言われてみれば確かにそうだ。やはりこれは錯覚なのか。そう思ったら、景色が白い部屋から機械や管だらけの空間に見えてきた。

「ところで、あんたは俺のことを医者だと思っているだろうか」

そう思っている。ベッドの脇に立っている白衣の男だろう。

「実は違う。ただの通りすがりの者だ。もちろん白衣ではない。黒い服を着ている。それに、声の感じから私が太った男だと思っているかも知れない。声質でよくそう言われる。しかし、実は痩せているんだ。ガリガリで、顔もドクロみたいだ」

すると、太った白衣の男が痩せた黒衣の男に見えてきた。そして顔がドクロ――いや、それではまるで〝死神〟ではないか。

「おっと、うっかり失言。あんたは今、死神を想像しただろう。申し訳ない。いつも痩せていると揶揄《やゆ》されているのでつい口に出してしまった。俺は決して死神のような者ではない。あんたの味方だ。あんたが死ぬのを待っているわけではない。生き続けるよう願っている」

本当なのか。信用してもいいのか。私は幽体離脱などせず、病院で治療を受けているらしい。男が医者でなくても、きっと他にいるのだろう。安心していいようだ。

「しかしまだ油断してはいけない。というのも、実のところここは集中治療室どころか病院ですらない。まだ何も始まってはいない。生きるも死ぬもあんたの心持ち次第だ」

心持ち……？

「あんたには大事な人がいるはずだ。あるいは、見捨てられない家族があるだろう。あんたが死んだら悲しむ人を思い浮かべるんだ」

言われて今さら思い出した。私には妻と幼い子供がいる。そのためガムシャラに働いてきたのだ。どうしても死ぬのはまずい。

「死にたくなけりゃ、霊体になって浮遊しているというイメージは今すぐ打ち消すんだ」

そう言われても、どうすりゃいいのだ。

「天井から降りてきて、自分の肉体に戻れ。身体がだんだん重くなっていくのをイメージしろ」

イメージした。確かに重くなっていく。

ゆっくり、ゆっくり身体が降りていく。やっと自分のベッドが近付いた。

目の前に自分の顔がある。このままでは自分と接吻《せっぷん》だ。

と思ったら、くるりと視点が反転して天井が見えた。高い天井だ。眩《まぶ》しい。目が慣れてくると、白黒まだら模様の天井だった。

いや違う。

天井だと思ったのは空だった。黒い部分が青に変わっていった。青空に、まだらに浮かぶ白い雲。


「気が付いたかい」

白いヘルメットにフェイスガードとマスクをした顔が私を覗き込んだ。

「救急車が来たからね。もう大丈夫だよ」

私は酸素マスクを着けられた。目だけを動かすと、近くに赤色灯を回転させた白いバンが停まっているのが見えた。

「お宅さん、運がよかったね。たまたま通りかかったバイカーが見つけて119番通報してくれたんだよ」

「え……」掠《かす》れた声が出た。

今度は本当に私の身体が持ち上げられ、ストレッチャーに乗せられた。

「彼がずっとお宅さんを励ましてくれていたんだ。きっと事故慣れしてる人なんだろうね。ほら、そこの電柱の所にいる革ツナギの——」と言いかけて、救急隊員は辺りをキョロキョロ見回した。「あれ？　さっきまでいたんだけどなあ」

私は苦労して首を動かし、救急隊員が指差した方を見た。

電柱の脇に、枯れた花束と壊れた携帯電話が転がっているだけだった……。

最後の晩餐　久真瀬敏也

久真瀬敏也（くませ・としや）

東京都清瀬市出身。山形大学理学部に入学後、北海道大学法学部に編入学・卒業し、新潟大学大学院実務法学研究科を修了。第18回『このミステリーがすごい！』大賞・隠し玉として、2020年に『ガラッパの謎　引きこもり作家のミステリ取材ファイル』でデビュー。他の著書に『両面宿儺の謎　桜咲准教授の災害伝承講義』『京都怪異物件の謎　桜咲准教授の災害伝承講義』『大江戸妖怪の七不思議　桜咲准教授の災害伝承講義』（以上、宝島社）がある。

「これで、あなたの全身を蝕《むしば》んでいたがんは、完全に消え去りました」

主治医の先生が発した言葉を、私は何度も頭の中で反芻《はんすう》した。

がんが消えた。私を散々苦しめてきたがんが、やっと、完全に、消えた！

それは、私がひたすら願い続けてきたこと。一心不乱に祈り続けてきたこと。

あの日、久しぶりに再会した大学時代の友達から「国が勧めるがんのワクチンを打つと死んじゃうらしいよ」と教えられ、「ワクチンなんて打たなくても、がんウィルスに感染しないためのいい方法があるよ」なんて勧められて……。『がんウィルス』なんてモノが存在しないことを知ったときには、私の身体《からだ》はがんに侵されていた。

あれから二年……。途中で諦めかけたこともあった。怪しい治療に手を出したこともあった。自棄《ヤケ》にもなりかけたけど、でも、そこで人生を終わらせなくて良かった。

今、先生は確かに、「がんは完全に消え去った」と言ったのだ。

私の心臓が痛いくらいに跳ねた。嬉しいからか、それとも単に、持病の心房細動か。

……でも、ちょっと待って。これは口だけかもしれない。最後の最後に、私を安心させるために嘘《うそ》を言ったのかもしれない。私は、とても騙《だま》されやすいから。

「疑うのも無理はありません。ですが、これが証拠です」

私の疑心暗鬼を察して、先生は私のレントゲン写真やＣＴスキャン画像、ＭＲＩ画像なども見せてきた。さらに、テレビＣＭでも宣伝されている線虫検査の結果まで。

そのすべてで、がんは発見されなかった——完全に消えていたのだ！

「よく、頑張りましたね」

先生の言葉を聞いた瞬間、私は緊張の糸が切れたように、涙を流していた。

私の身体から悪いモノが消えた。まさに、身も心もスッと軽くなった気がした。

途端、これまでの苦労が、辛い記憶ではなく、すべて笑い話のようにも思えてきた。

思い起こせば、この先生と出会えたことが、私の運命を変えたのだ。

「初対面のとき、先生にも酷《ひど》いことを言われましたね」自然と笑みが漏れる。「いきなり『あなたには、もはや治療法はありません。医術の限界です』なんて」

「私は正直者ですから。嘘はつけないんですよ」

先生は冗談めかして言った。本当に、先生は嘘をつかない。良いことも悪いことも正直に話してくれた。だからこそ、私も先生を信頼できて、胸襟を開いて話せて、先生が提案した方法を今まで続けてこられた。そしてそれが、この結果になったんだ。

先生に出会うまで、私はいろんなものに手を出していた。漢方やアーユルヴェーダなどの東洋の伝統医術から、明らかに怪しい民間療法や、シャーマンの祈禱《きとう》、さらに新興宗教にまでのめり込んだ。最初は同情的だった家族や友人も、遠ざかっていった。

それでも治らないと解って、私はひたすら食べた。好きな物も嫌いな物も、そして食べたくても食べられなかった物も——いっそ違法な食べ物も——食べていった。

お金を持っていても意味がない、法律を守っても意味がない、という自棄なところもあった。だけど、元から食べることが好きだった私は、それが楽しくもあり、唯一の生きる希望にもなっていた。

そんなときに出会ったのが、この先生だった。

「あなたは、『同物同治《どうぶつどうち》』という理念をご存じでしょうか？　これは、中国の薬膳・漢方の考え方なんですけど、『自分の身体で異常のある部位と同じ部位を食べると、その異常を無くせる』というものなのですよ――」

それは、私も漫画で知っていた。逆に言えば、漫画の話でしかないと思っていた。

「自棄になるくらいなら、少しでも良くなるように、自分の身体を信じてみませんか」

その言葉を、私は信じた。それはそれで一種の自棄だったのかもしれないけど。

手術と食事が繰り返される日々。手術に耐える体力をつけるために食事をし、食事ができるようになるために手術をする。そうして私は、異常のある部位とまったく同じ部位の肉を食べながら、着実に、私の身体の悪い所を潰していこうとした。

腎臓《じんぞう》がんに対しては、『マメ』という部位が出された。

右肺のがんに対しては、わざわざ右肺のみから取った『フワ』が出された。

膵臓《すいぞう》がんには『シビレ』が出され、乳がんには、その名もずばり『おっぱい』が。

もちろん（と言うのもちょっと可笑《おか》しいけれど）、『レバー』や『ショウチョウ』『ダイチョウ』『チョクチョウ』『コブクロ』『ガツ』といった有名な部位も出され、私はそれらを食べていった。少量だけ出された部位もあったけど、それは仕方ない。

この頃、それまで恐る恐る面会に来ていた私の家族も、完全に姿を見せなくなった。

正直なところ、経過は順調とは言えず、体調が急変したこともあった。そもそも今回の件は、言い換えれば、弱っている内臓に焼肉の摂取を無理強いしているのだから。

そんなとき先生は、私の覚悟を試すかのように聞いてきた。

「あなたにとっては、一食一食が最後の晩餐《ばんさん》になるかもしれません。ひと嚙《か》みひと嚙みが最後の動きになるかもしれません。だからこそ、すべての食事を大切に戴《いただ》きましょう。棄てるものなど、何もないのですから」

その言葉に、私はいっそう燃えた。私の最後の晩餐は――ラストオーダーは決まっている。それを食べるまでは死ねない。私の身体からすべての異常を無くして、私は胸を張って、絶対に幸せな最後の晩餐を迎えるんだ、と。

そして今日、ついにそのときが訪れた。私の身体の中から、がんがすべて消えた日。

「先生。ラストオーダーをお願いします」

「はい。何をお出ししましょうか？」

「『ハツ』を、お願いします」

私の心臓が跳ねた。これはきっと心房細動じゃない。嬉《うれ》しくて高鳴っているんだ。

「そう仰《おつしや》ると思って、人工心肺の準備は万端です。すぐに、心臓をお出ししますよ」

私は安堵《あんど》して、胸の奥がスッと軽くなった。……軽くなるのはこれからなのに。

本当に、自棄にならなくて良かった。棄てるなんてもったいない。

私は、がんに侵された私の内臓を食べたおかげで、がんをすべて消すことができた。

異常のある部位を食べたら、本当に異常が無くなった！　レントゲンにもCTにも
MRIにも、がんは一つも写っていない！　先生の『同物同治』を信じたおかげだ！

そして今、心房細動を起こすこの心臓を食べれば、ついにすべての異常が無くなる。

私は、最後の晩餐の準備のため、手術室へ運ばれる。透析装置やインスリンポンプなど多くの人工臓器に繋《つな》がれている私は、身体こそ軽いけど、一人では動けない。

「そういえば」先生が思い出したように聞いてきた。「これで、あなたが食べていない臓器は脳だけとなります。ほんの微量ならお出しできますが、いかがなさいます？」

「もう先生ってば、脳なんて食べるわけないじゃないですか――」私は思わず笑った。

「私の脳には異常なんて無いんですから、それを食べるなんておかしいですよ」

「……そうでしたね。あなたにこのような話をしても、おかしいだけでしたね」

先生は、何か含みを持たせるように言いながら笑うと、私を手術室へ運んでいった。

胸が高鳴り、痛みが走る。そんな心臓の異常も無くして、私は健康な身体になる。

それが、私の幸せな最後の晩餐《ラストオーダー》。

ガンマニア切断　亀野仁

亀野仁（かめの・じん）

1973年、兵庫県西宮市生まれ。1991年に渡米し、大学進学。卒業後も米国に留まり、NYにて映画助監督やCM海外撮影コーディネーター／プロデューサーとして約10年間活動。帰国後は映像制作会社、大手広告代理店勤務を経て、広告映像制作会社を仲間と共同設立、同社取締役。第19回『このミステリーがすごい！』大賞・文庫グランプリを受賞し、2021年に『暗黒自治区』でデビュー。他の著書に『密漁海域 1991根室中間線』『地面師たちの戦争　帯広強奪戦線』（以上、宝島社）がある。

切断された右手がビニール袋から取り出され、ぼとりと目の前に置かれる。

さっきまで自分の身体の一部として動いていたのが嘘《うそ》のような、他人面に見えた。


一時間前。


「拳銃マニアのお前に、特別に見せてやる」

横浜《よこはま》・野毛《のげ》にある、表向きは氷屋、裏では銃の密売を行う『岡島商店《おかじま》』で川瀬《かわせ》は、店主の岡島が取り出したワルサーP38に目を奪われた。

「第二次世界大戦中にナチスの将校が接収していたフランスの民家で見つかった銃だ。こんないいコンディションのac41（一九四一年製）なんて滅多にないぞ。見ろ、ナチスドイツの国章もしっかり刻まれてる」

「ナチスドイツ時代の銃だから、当たり前じゃないのか？」

「ナチス関連のものは欧米ではセンシティブだから、国章は削られることが多い」

触ってもいいかと川瀬が訊《たず》ねた時、施錠された引き戸のガラスが割られ、拳銃を手にした三人の男がなだれ込んできた。

咄嗟《とっさ》に立ち上がった川瀬と岡島に、サプレッサーを付けたH&K USPの銃口を向けた男の一人が中国語で何かを言う。

言葉がわからないので戸惑っていると、一番背の高い、SW1911を持った男が

「銃を捨てろ。店の隅に投げるんだ」と日本語で言った。首のあたりまで伸ばした髪、雀斑《そばかす》の浮いた顔には、獲物を目の前にした猟犬のような表情。

川瀬は岡島をちらりと見る。キレ症なので心配だ。変な動きをするなよ——。

「おい、これは——」川瀬の願いはかなわず、憤怒の表情を浮かべた岡島はそう言いながらワルサーを持ち上げる。

長身の男の左右にいる二人が連射し、コンクリートの床に岡島が崩れ落ちた。

「岡島、安心しろ」身体が固まった川瀬に、男が言う。

何故、自分が岡島と呼ばれるのだろう。川瀬はいぶかった。

「こいつらの一番の狙いは、殺し屋の川瀬だ。先週の上海《シャンハイ》料理屋の報復でな」

川瀬の頭に『人違い』という言葉が浮かんだ。福建《ふっけん》マフィアの依頼を受け、福富町《ふくとみちょう》の上海料理屋の裏口で上海マフィアの大哥《アニキ》を射殺したのは、自分だ。

「お前は銃を売っただけだから、命だけは助けてやるよう、俺が交渉をしてやってもいい。でも、今後は相手をきちんと考えて商売するように〝いましめ〟をしなきゃならない。そうしないと、こいつらのメンツが立たないからな」

何をされるのだろう。顔から血の気が引く音が聞こえたような気がした。

男はSW1911を腰の後ろに差し、二人の中国人に何かを言う。二人は土足のまま三和土《たたき》を上がると玉暖簾《たまのれん》をくぐって奥の居住スペースに入っていった。奥に人がいないか、確かめるためだろう。

「け、警察が来るぞ……」膝が崩れそうになるのをこらえながら、川瀬は言った。

「もう来ている。目の前にな」男が、声を低くして言う。

背筋がぞくりとした。この男は、刑事だ。公安民警の刑事が中国マフィアに何人も潜入しているという話を聞いたことがある。その一人か。

「岡島」刑事が目を細めた。「俺のイヌになれ。お前の命は、俺の手の中にある」

「〝いましめ〟で済むんじゃないのか？」

「『交渉してやってもいい』と言ったんだ。お前の返事次第だよ。どうする？」

鋭利な刃物のような視線に、川瀬はこくこくと頷《うなず》くほかなかった。

しかし、人違いだと刑事が気付いたら、どうなるのだろう。

家の奥に誰もいないことを確認した中国人が戻ってきた。

刑事は二人としばらく話し、こちらに向き直る。

「朗報だ。利き腕の手首から先を落とすだけで勘弁してやるって」

「『勘弁してやる』って……いくら何でも……」

「せめてそのくらいでないと、こいつらが納得しない。これでも頑張って交渉したんだ。感謝してほしいくらいだよ」

一人の中国人がスマートフォンで電話を掛ける。

十分もしないうちに、大きな鞄《かばん》を提《さ》げた男が店に来た。醜く太った、中年の男。

「外科医だよ。モグリだけど腕はいいし、麻酔も得意だ」

「ちょっ――」何か言う暇も与えず、二人の中国人は川瀬に飛び掛かると両腕を背中に捩《ねじ》り上げる。

氷を切る木製の大きな台に押さえ付けられた。

外科医が、ぜいぜいと荒い息を吐きながらゆっくりと歩み寄る。白衣などは着ず、シャツのボタンをいくつか開けて手を突っ込み、もぞもぞと脇の下を掻《か》いていた。手を落とされる上にあの指で処置をされるのかと思うと、ぞっとする。

「今日のことを忘れるな」刑事が言った。


その後に訪れた悪夢のような体験を、どうやったら忘れられるというのか。

麻酔の中でもそれとわかる疼《うず》き、きつく巻かれた止血帯、じくじくと血がにじむ包帯に包まれた右手首。運び出される岡島の遺体と、川瀬の右手。

じきに、刑事だけが戻ってきた。レザーコートのポケットから、内側が血に染まったビニール袋を取り出す。

「お前の〈手〉は要らないから、返していいって」

目の前に置かれた〈右手〉をぼんやりと見つめる。グレーがかった骨、濡《ぬ》れた赤黒い肉と血管、白い神経。自分の一部だったのに今は妙によそよそしい、奇妙な物体。

刑事は、トバシと思《おぼ》しいスマートフォンを、川瀬の傍らに置いた。

「当面の間、これを使え。俺の番号は〈雑賀《さいが》〉で登録してある」

人違いだと刑事が気付いたら——不安と恐怖が、しつこくまとわり付く。

刑事が立ち上がり、床の血だまりを顎で差した。

「それにしても本物の岡島、馬鹿だな。抵抗しないでおとなしく銃を投げ捨てれば、命だけは助かったのに。ま、短気で危なっかしいイヌだったから、いずれ消えてもらおうと思っていた。手間が省けたよ」

店を出ながら、肩越しに言う。「今日から、お前が岡島だ」

人違いではなかった。刑事は川瀬と岡島を認識していた。

そして、二人の顔を知らない中国人が岡島を正しく射殺した時、川瀬を岡島に仕立て上げて新しいイヌにすることを思い付き、ためらわず実行した。

この先ずっと、あの刑事は川瀬の生殺与奪の権を握ることになる。

しかし、あいつはひとつだけ勘違いをしている。

岡島は抵抗を試みたのではない。

岡島が言い終えられなかった『おい、これは——』の先が、川瀬にはわかる。

『——芸術品レベルの貴重な銃だ。コンクリートの床になんて投げられるか』だ。

ミゲルの帰郷　高野結史

高野結史（たかの・ゆうし）

1979年、北海道生まれ。宇都宮大学卒業。第19回『このミステリーがすごい！』大賞・隠し玉として、2021年に『臨床法医学者・真壁天　秘密基地の首吊り死体』でデビュー。他の著書に『満天キャンプの謎解きツアー　かつてのトム・ソーヤたちへ』『奇岩館の殺人』（以上、宝島社）がある。

貧しい人間の価値は金額にすると三千円程度である。

リスボンの奴隷・ミゲルの初値もその相場に漏れなかった。

大航海時代。貴族から庶民に至るまでリスボンの人々は奴隷を所有していた。商人は世界各地から奴隷を二束三文で仕入れ、百倍もの値段で売った。現在の日本円に換算すると、リスボンの奴隷市場では一人あたり三十万円以上で取引されていたという。

ミゲルは石細工職人に買われたが、主《あるじ》は奴隷に技能を習得させないよう仕事を手伝わせなかった。代わりにミゲルは港湾の仕事に派遣され、報酬を主に納めていた。

「おい、しっかり持てよ。また落としたら何されるか分からんぞ」

船の積み荷を商務院に運んでいる途中、アントニオの叱責《しっせき》が飛んだ。

「すまない。ちょっと待ってくれ」

アントニオと二人がかりで運んでいたミゲルは荷物を担ぎ直した。

もうすぐ十八歳。奴隷商人に売られた十歳の頃に比べると、かなり身体ができてきたが、引き締まった筋肉を持つアントニオに比べると、己の非力さを認めざるを得ない。チュニックの袖から出た腕は今日も悲鳴を上げ、震えている。

アントニオほど逞《たくま》しければと、これまで幾度思ったことだろう。同じ奴隷主のもとで寝食を共にしているが、二人の故郷は異なる。アントニオはギニアから連れてこられていた。ミゲルとアントニオ、どちらも本名ではない。リスボンで授けられた洗礼名だ。ポルトガルでは奴隷にも洗礼を受けさせ、基督《キリスト》教徒とするのが通例だった。異教徒を人間とみなさないポルトガル人は洗礼を授けることで辺境から連行した奴隷を「人間化」してやっていると自負し、奴隷たちにも洗礼名で呼び合うよう指示した。

基督教に救いを見た奴隷もいる。しかし、ミゲルは故郷への想いを捨てられず、アントニオからは「ここの生活も悪くないじゃないか。少なくとも俺は故郷にいたら飢えていた。それに給金を貯めれば、解放もしてもらえるだろう」と度々戒《いまし》められた。

日が沈み、労働を終えたミゲルがアントニオと帰路につくと、暗がりから名を呼ばれた。年老いた物乞いが石畳に座り込んでいる。

ミゲルはこの物乞いを見る度、アントニオの戒めを虚《むな》しく感じる。物乞いは解放された奴隷だった。働けなくなった奴隷は解放という名のもとに放逐され、露頭に迷う。奴隷は自由民となっても下賤《げせん》扱いされるのだ。

ミゲルは顔見知りの物乞いに残っていた食べ物を分け与えた。

「奴隷が物乞いに恵むのか」

呆《あき》れるアントニオの嫌味を聞き流したミゲルは路地の角で立ち止まった。

「先に帰ってくれ。俺はコンフラリアに寄っていく」

「またか。なんだかんだ言って信心深いじゃないか。俺は腹ぺこだ。食って寝てるぞ」

アントニオはオーバーに腹をさすって奴隷小屋に帰って行った。

ミゲルが隣の区画を訪れると、教会ではすでに集会が始まっていた。コンフラリアは人種や階層ごとに組織される地域コミュニティ。奴隷にも参加が認められている。信仰を促すためだが、ミゲルの目的は同郷の奴隷たちと交流することにあった。

「彼らが戻って来たそうだ」

合流するなり、ジョアンとマリアが囁《ささや》いてきた。

「彼ら」とは二年前に日本からやってきた少年遣欧使節団を指した。リスボンに到着した四名の日本人少年使節とその随行者らはローマに向かい、各地で歓待を受けた。かつて港で彼らを目にしたミゲルは複雑な気持ちだった。自分とほぼ同年代でありながら一方は貴族以上の扱いを受け、一方は奴隷。しかも後日、使節団の中に同じ「ミゲル」という洗礼名を持つ少年がいると知り、強い嫉妬を覚えた。その使節団が日本へ帰るため再びリスボンに戻って来たという。

夜が明けるまで一睡もしなかった。粗末な小屋。ベッドは一つ。アントニオの隣で横になりながらミゲルは腹を固めていた。アントニオに気づかれないよう立ち上がり、窓を覗《のぞ》く。明かりが不要な程に闇が薄まっている。ミゲルはそっと戸を開けた。

「どこへ行く？」

心臓が飛び出しそうになった。振り向くとアントニオの目がこちらを向いていた。

「日本の使節団が今日帰るんだ。俺も船に乗せてもらう」

ミゲルが震える声で答えると、アントニオは諭すように言った。

「やめておけ。許されるはずがない」

「いや。きっと助けてくれる……俺と彼らは……同じ日本人だ」

ミゲルは力を込めた。八年前の出来事は忘れられるはずもない。戦で孤児となった後、面倒見てくれた男に年季奉公だと騙《だま》され、長崎で売られた。押し込められた船には数えきれない日本人奴隷が乗せられていた。洗礼を受ける前の名は甚吉《じんきち》。コンフラリアで話したジョアンは五助《ごすけ》であり、マリアは菊《きく》。老いた物乞いは与兵衛《よへえ》だった。

「妙なことを考えず、金を貯めろ。いつか自由民になれる」

「いつかとはいつだ？　給金なんて微々たるものだ。貯まるより先に主が死ぬ。それに、ここで解放されたって……故郷には帰れないんだ」

奴隷の逃亡は重罪であり、匿《かくま》った者も酷《ひど》い目に遭う。アントニオは黙ってミゲルを見つめていたが、ふいに息を吐いた。そして寝返りを打ち、ミゲルに尻を向けた。

ミゲルは故郷の言葉で「堪忍《かんにん》な」と手を合わせ、外へ飛び出した。

遣欧使節団が宿泊しているサンロッケ教会までは距離があった。ミゲルはまだ薄暗い道を走った。逃亡を悟られてはいけない。道で人を見かける度に迂回《うかい》したため余計に時間がかかった。どうやって使節団の日本人たちに会うか。引率の宣教師らに見つかれば追い返される。日本人に直接話し、彼らから事情を伝えてもらうしかない。

だが、運はミゲルに味方した。教会の礼拝堂に忍び込むと祭壇の前で一人の日本人が祈っていた。背後から近づこうとして足が止まる。奥から宣教師が姿を現した。

「どうした、ミゲル。まだ気にしているのか」

ミゲルと呼ばれた使節は千々石《ちぢわ》ミゲル。遣欧使節団の副使だった。こいつか、と奴隷のミゲルは息を呑《の》んだ。千々石ミゲルは躊躇《ためら》いながら声を絞り出した。

「行く先々で日本人が奴隷にされていました。あの者らをなんとか救えぬでしょうか」

「救う？　もう救われているではないか」

宣教師の発した言葉に、奴隷と使節、二人のミゲルはほぼ同時に絶句した。

「異国で奴隷にされることが救いだと仰《おつしや》るのですか？」

「ミゲル。ここの人々は奴隷に洗礼まで授けている。実に慈悲深い。たしかに奴隷は気の毒だ。だが、悪いのは家族や隣人を家畜のように売る日本人だ。勘違いするな」

奴隷のミゲルは反論を待った。しかし、千々石ミゲルは黙したままだった――。

豊臣秀吉《とよとみひでよし》が伴天連《バテレン》追放令を発布したのは、この翌年。日本人奴隷の取引禁止まではさらに十年を要する。基督教と奴隷が禁じられる未来を二人のミゲルは知る由もない。

遣欧使節団は到着時以上の声援を受け、リスボンを出港した。船上で手を振る使節の中に千々石ミゲルの姿もある。集まった市民の傍らで奴隷たちが荷を担いでいる。その中の一人、若き日本人奴隷が足を止め、帰郷するミゲルを静かに見送っていた。

妄執的な恋　秋尾秋

秋尾秋（あきお・あき）

1987年生まれ。茨城県在住。第20回『このミステリーがすごい！』大賞・隠し玉として、2022年に『彼女は二度、殺される』（宝島社）でデビュー。

冷蔵庫に仕舞った彼女からの電話に、俺は恐怖を覚えた——。

三日前——その日、俺は部屋の電気も点《つ》けずに彼女の部屋にいた。彼女の浮気を問い詰める為、逃げられないようにと不意打ちを狙っての行動だ。

鍵は以前、彼女が戸締りを忘れた時に、彼女の部屋から探し出した合鍵を複製して使っている。また鍵を掛け忘れたら危ないと預かっていて、それから毎日鍵の施錠や部屋に異常がないかの確認をしにこの部屋に来ていた。もちろん、彼女には内緒だ。

彼女との出会いは彼女の勤める喫茶店。最初は店員と客という立場だった。変えたのは彼女のほう。俺の注文したココアを持ってきた時、彼女から話しかけてきた。

「ココアって、美味《おい》しいですよね」一呼吸おいてこう続けた。「私も好きです」

突然の告白に驚いた。まさか彼女も俺を好きだなんて思いもしなかったからだ。すぐに俺も「好き」だと返し、恋人になった。デートはいつも彼女の働く喫茶店だったが不満はなかった。窓ガラス越しに働く彼女を見ているだけで幸せだった。

彼女はなぜ、浮気をしたのだろうか。こんなにも俺は彼女を想っているのに。

玄関を開ける音がして、「疲れた」という彼女の独り言が聞こえた。次いで扉の閉まる音、ゆっくりと足音が近づいてきた。パッと寝室の明かりが点く。俺の存在に気付いた彼女が小さく悲鳴を上げ、スマホを床に落とした。その反応に苛立《いらだ》ちを覚えた。

「俺がいるのに、浮気したのか」

俺は感情を抑え、冷静な声色で尋ねた。なのに彼女は、「え、何、どういう事？」や「怖い」と言い、仕舞いには「出て行って」とヒステリックに喚《わめ》き始めた。浮気を誤魔化そうとしているように見え、腹が立った。俺は衝動に任せて彼女の肩を押した。

直後、彼女の身体は勢いよく背後にひっくり返った。頭がテーブルの角にぶつかり、そのまま床に倒れて動かない。何度名前を呼んでも返事をしなかった。

やばい、と脳内に汗が噴き出す――彼女を殺してしまった。

俺はその場から逃げた。ただひたすらに走った。真冬の外を走ると顔に冷たい風が当たって痛かった。公園を見つけた俺は、ベンチに腰を下ろして頭を抱えた。

彼女は俺に向かって「怖い」と言った。どうして彼氏である俺を怖がったのか。浮気の事で俺に怒られると思い焦って出た言葉なのだろう。そうに違いない。

俺は彼女の事なら何でも知っていた。彼女がSNSに載せたものはすべて確認しているし、彼女の職場にも毎日顔を出している。ストーカーがいるというから変な男が彼女に寄り付かないよう周辺を監視だってしてあげていたし、引っ越す前の家では家事だってしてしてあげた。こんなにもしてあげたのに、彼女のSNSには知らない男が映っていた。裏切られた。そう、だから、こうなったのはすべて、彼女が悪いんだ。

スマホを取り出し「カカシ」とHNが書かれた自分のSNSを見る。結局彼女からはフォローも「いいね」も一度ももらえなかった。「いいね」をくれるのはいつも、俺をフォローしてくれている誰だか知らない人が一人だけ。彼女は見てもいないのだろう。彼女にとって俺は、どうでもいい存在だったのかもしれない。

気付けば一時間が経過していた。さすがに頭が冷えてきて、今後について考え始めていた。彼女の死体が見つかれば俺の存在にも辿《たど》り着くだろう。どうにかしなくては。

彼女の部屋に戻ると部屋の鍵を掛けていなかった事に気付いた。誰か入ったのではないかと不安になる。彼女は一人暮らしなのだ、部屋に入った人物などいる訳がない。

そう言って自分を落ち着かせ、扉を開けた。重たい足で奥の部屋に進む。

視界には、床に横たわる彼女の姿があった。頭の部分には血溜《ちだ》まりがある。恐る恐る彼女に触る。冷たい。彼女の手首を確認すると、脈は打っていなかった。

彼女は死んでいた——俺は、捕まるのか。

ふと、冷蔵庫が目に入った。人が一人入れそうな冷蔵庫。俺は冷蔵庫を開けて中身を取り出した。肉や野菜、トレーなどの邪魔なものを全部大きいゴミ袋の中に投げ捨てていく。ゴミ袋二つ分までまとめると、ようやく冷蔵庫が空っぽになった。彼女を起こし、冷蔵庫の中に入れる。扉を閉めた時には、妙な達成感を覚えていた。

床とテーブルについた血を拭き、電気をすべて切った。表に誰もいない事を確認して急いで部屋を出る。玄関の鍵を掛けて一階に下りるとマンションのゴミ捨て場にゴミを捨て、まっすぐ自分の家へと帰った。

彼女を殺して三日が経《た》った。時間が経つと冷静になる。そうなると彼女の職場が気になった。仕事に来ない彼女を不審に思った人物はいるだろうか。

喫茶店に様子を見に行った。定位置である窓際のカウンターに腰を下ろす。喫茶店に入ってすぐ、いつもなら同じ人物が俺の隣に座ってくるのだが、今日は現れない。ハイヒールの靴音が煩《うるさ》いし、毎回ニヤニヤとこちを見てくるから気味が悪かった。いないおかげでマスターの顔がガラス越しによく見える。マスターは彼女の不在を気にしているだろうか。

俺が彼氏だという事は誰にも言っていない。それなのにいきなり彼女の話をマスターに切り出すのは不自然だ。どう話しかけるか。きっかけを探していると、先ほど入店した常連客とマスターの会話が聞こえてきた。

「今日も佐藤《さとう》ちゃんいないのか。風邪《かぜ》？」

「今日はちゃんと電話が来ましてね、風邪でした。ひどくしゃがれた声でしたよ」

電話が来た？　ありえない。彼女は死んでいるんだぞ？

「ストーカーの件があったから疲れたのかね。家に入られていたんだろ？　前の家では勝手に家事をやられてたって。だからオートロックがあるマンションに引っ越したって聞いたよ。引っ越してからは何もないみたいだし、安心して体調が崩れたんかな」

「きっとそうでしょうね。風邪が続くようならお見舞いに行ってみますよ」

俺はその場にいられなくなった。死体がどうやって電話をするんだ。無理だろう。なら、彼女は生きている事になる。

彼女の部屋に行って確認しなければ。そう思い、会計して喫茶店を出ると、急いで彼女のマンションに向かった。

マンションのエントランスに着き、オートロックを解錠して中に入る。エントランスの側にある階段を駆け上り、五階にある彼女の部屋へ走った。部屋の前に到着し、合鍵で扉を開ける。部屋の中は暗く、静かだった。

ふっと暖かい風が俺の横を通り抜けた。彼女を殺した日、暖房を消しただろうか。疑問が過《よぎ》ったが、それよりも気になる事がある。靴を脱ぎ捨て部屋の電気も点けずに家の中に入った。

キッチンテーブルに彼女のスマホが置かれていた。スマホは寝室の床にあったはず。誰が移動させたのか。彼女なのか。

冷蔵庫を確認すればわかる事だ。スマホから冷蔵庫に目を向ける。冷蔵庫の前にしゃがんで深呼吸をした。

扉に手を掛けた次の瞬間、「カカシさん」俺のSNS名を呼ぶ声が背後から聞こえた。彼女ではない声。振り返る。

そこに立っていたのは、喫茶店でいつも俺の隣に座る女だった。

掃除婦の汚れ仕事　遠藤かたる

遠藤かたる（えんどう・かたる）

1988年生まれ。愛媛県松山市出身。甲南大学法学部卒業。現在、化粧品メーカー勤務。第22回『このミステリーがすごい！』大賞・文庫グランプリを受賞し、2024年に『推しの殺人』（宝島社）でデビュー。

殺人にもっとも適した場所は、男性用の公衆トイレだ。

公衆トイレは人目につきにくく、防犯カメラが設置された場所は少ない。現場を掃除して証拠を隠滅することも容易だ。すべてが鍵付きの個室となっている女性用の公衆トイレとちがい、男性トイレはほとんどの人間が仕切りすらない小便器を利用する。男たちは小便中に命を狙われるなんて思っていないから、こちらが申し訳なくなるくらいに無防備な後ろ姿をさらしている。女の私でも仕留められるほどに隙だらけだ。だから殺人にもっとも適しているのは、男性用の公衆トイレだ。

今日の標的もたやすく処理できた。私は絞殺に使ったワイヤーをしまいながら標的を見下ろす。大人一人が難なくおさまるダストカートのなかで中年の男が絶命している。きっと男は何が起きたのかも理解できなかったろう。男は大企業の重役だと聞いた。トイレの清掃員に暗殺されるなんて想像さえしなかったはずだ。

私は男の死体が入ったダストカートを押し、出入口に向かう。出入口前に置いた〈清掃中〉のプレートを回収してトイレを去った。そのあと、死体を処理する別チームにダストカートごと男を引き渡し、私の仕事は完了した。

表向きはトイレの清掃員をしながら、殺しの汚れ仕事も請け負う。私の生業《なりわい》だ。仕事をはじめた当時は罪の意識に苛《さいな》まれたりもしたが、いまは粛々《しゅくしゅく》と職務をこなせるようになった。人間は慣れる生き物だからだろうか、それとも私が人間ではない異形になり果てたからか。

どちらにせよ仕事をやめるつもりはない。やめるつもりはないが、懸念がある。

自宅アパートに戻った私は、一枚のA4用紙を机に広げた。

――おまえの秘密を知っている。ばらされたくなければ仕事をやめろ。

実にシンプルな脅迫文だ。脅迫文が自宅ポストに入っていたのは一か月前になる。馬鹿ないたずらだと無視していた。けれど今日届いた新たな脅迫文で事情は変わった。

――明日までに仕事を辞めて消えろ。できなければ秘密をばらす。

一か月前と同様に稚拙な内容だが、問題は脅迫文に同封されていたものだ。書面と一緒に自宅ポストに入っていたのは私の仕事写真だった。

つい数時間前、公衆トイレ内で私が男を絞殺する瞬間が撮影された写真だ。

仕事を見られるどころか撮影されていた。ありえないミスだ。第三者に目撃されぬよう現場の状況確認を徹底することは基本中の基本だというのに。プロ失格だ。

反省してもし足りない。とはいえ猛省する前にすべきことがある。犯人を見つけねばならない。誰が私の仕事を撮影し、脅迫文を送りつけてきたのか。こちらの人生を左右する証拠を握りながら金銭は要求せず、私が仕事を辞めることだけを求めている。

いったい犯人は何者なのか。私を退職に追い込もうとする理由は何だ。明日までに答えを見つけないと私の暗殺写真が白日の下にさらされる。

つけっぱなしのオーディオからのどやかなギターのアルペジオが流れる。ジャニス・ジョプリンのリトル・ガール・ブルー。半世紀以上も前に死んだミュージシャンの歌だ。私を産んだ女がよく聴いていたから、その影響で聴くようになった。ジャニスを聴きつつ犯人について考えていると腹が鳴った。ひとまず何か食べよう。コンビニに行こうとアパートの階段を降りていたら、隣の部屋の住人とすれちがった。数か月前に引っ越してきた親子だ。

「こんばんは」と父親がにこやかに挨拶してくる。その後ろで学生服の娘が小さく頭を下げた。私は会釈を返して階段を降りる。と、ふいに視線を感じた。振り返る。娘がこちらを見ていた。冷然とした鋭い目。が、私と目が合うとすぐにそらした。視線の意図を探る間もなく、娘は父親とともにアパートの部屋に消えた。

結局、翌朝になっても犯人の目星はつかなかった。非常にまずい。どうしたものか。ひとり唸《うな》っていると、チャイムが鳴った。玄関の戸が強く叩《たた》かれる。まさか脅迫者か。警戒しながらドアスコープを覗くと、隣室の父親が青白い顔で立っていた。父親は早口に言った。「朝早くにすみません。娘が、娘が急に倒れて……」取り乱す父親をなだめつつ、私は隣室に向かった。部屋に入ると、昨日会った娘が学生服のままでうつぶせていた。ぴくりともしない。駆け寄って手首にふれる。脈はある——安堵《あんど》した瞬間、世界が揺れた。視界が激しくぶれる。後頭部を鈍器で殴られた。気づいたときには私は床に倒れている。

「だめですよ。殺し屋が背中を見せたりしちゃ」男の手にはバールが握られていた。バールで私を殴ったらしい。もう一撃もらうとまずい。私は這《は》いずって逃げる。

「ご安心ください。あなたの仕事は僕が引き継ぎます」

口ぶりからして男は殺し屋らしい。自分の仕事を増やすために同業の私を始末するのだろう。この業界ではカニバリズムが日常茶飯事だ。

うつぶせたままの少女と目が合う。やはり気を失っていたのは演技か。少女が相手を油断させた隙に男がバールで仕留める。それが彼らの仕事のやり方なのだろう。まんまと策にはまった。私はここで終わりらしい。観念しかけたそのときだった。

ふいに男がバランスを崩し、たたらを踏んだ。

チャンスだと自覚する前に私の身体は動いている。足払いで男を転倒させ、床にころがったバールを奪い取る。起き上がろうとした男のこめかみにバールを叩きこむ。

鈍い音。骨が砕ける感触が手に伝わる。男が頭から床に崩れ落ちる。

しばらく痙攣《けいれん》したあと、男はまったく動かなくなった。私は嘆息して床に寝そべる。

自分の後頭部からどくどくと血が流れ出ていく。殴られた傷は相当深い。

気を抜けば即座に意識を失いそうだが、そのまえに謎を解く必要がある。

「あんたでしょ？　私に脅迫状を送ってきたのは」

寝そべったまま言うと、倒れていた少女は起き上がった。黒目がちの冷たい瞳。

「私がこの男に狙われているのを知ってたから、仕事を辞めさせようとしたんでしょ」それに、とつづける。「さっき、男の足を摑《つか》んでくれたよね。助かったよ」

あれで男がバランスを崩さなかったら私は確実に死んでいた。はたして男と少女が本当の親子なのか、二人の間に何があったのかは知る由もない。わかるのは暗殺なんて汚れ仕事に関わる人間はろくな人生を送っていないことくらいだ。

「どうして私を助けたりしたの」

問いかけると、少女は逡巡《しゅんじゅん》したのちに口を開いた。

「わたしも」消え入りそうに細い声だ。「わたしもジャニス・ジョプリン好きだから」

「そっか」思わず吹きだす。半世紀以上前に死んだミュージシャンのファンがこんな近くにいたのか。「いいセンスしてるね」

少女はほんのわずかに口角を上げた。私はひとしきり笑ってから、言った。

「あんたはもう自由だ。好きにやりな」

少女は私をじっと見、小さくうなずいた。冷めた瞳にかすかな光がさす。そして玄関のほうに歩き出した。たどたどしく、けれど一歩ずつたしかに。

足音が遠のいていく。それでいい。どこにでも、どこまででも行けばいい。

名も知らぬ少女の行く末を祈りながら、私はゆっくりと目を閉じる。

見守りカメラ　本江ユキ

本江ユキ（もとえ・ゆき）

1967年、青森県生まれ。日本大学大学院修士課程修了。デザイナーを経て、現在は日本語教師。第20回『このミステリーがすごい！』大賞・隠し玉として、2022年に『坊っちゃんの身代金』（宝島社）でデビュー。

モニターの向こうで義父が苦しみだした。

口をぱくつかせ、カメラ目線で助けを求めてくる。急いで戻らなければと腰を浮かせたが、下手に駆けつけたらチャンスを逃すのではないか。同居する義父が脳梗塞で倒れて一年、鈴木《すずき》家の生活は一変した。このまま静かに逝《い》かせてあげたほうが、家族みんなのためだとヨシ子《こ》はスマホを引き寄せて座り直した。

「亡くなったお義母《かあ》さんに、もうすぐ会えるからね」

心のうちで語り掛け、ヨシ子は見守りカメラの映像を注視する。

午後三時、買い物帰りのファストフード店。

死にゆく義父のライブ中継を見ているなんて誰も思っていないだろう。最近つけた見守りカメラは一万円程度の市販品だが、転送動画は驚くほど鮮明である。ふとんを握りしめる右手のこわばりが生々しく、気がつけばヨシ子も一緒に息を詰めていた。見入り過ぎはよくないと頭を上げ、コーヒーをすすってヨシ子は鑑賞を小休止した。

わがままには苦労させられたが、これで終わりかと思うと寂しさも覚える。七十五歳で死ぬのは早すぎるも、義父は弱った不自由な体を嘆いていた。ついでに言えば、娘二人も義父との同居をイヤがっている。若い世代を優先させるべきよねとほおづえをつき、ヨシ子はふたたびスマホに目を戻した。

軽い麻痺《まひ》が残る左手も今日はずいぶんと活動的だ。実はそこそこ動かせるんじゃないかと疑っていたが、死に際に判明するのも皮肉である。脳梗塞は軽度との診断だった。寝たきりよりは体を動かしたほうがいいと医者にアドバイスされ、娘たちもリハビリにつき合った。両わきを支えられ、おじいちゃん頑張ってと応援されながら廊下を歩いていた頃は、まだ素直だったことをヨシ子は思い出す。

徐々に義父のわがままは加速した。

娘たちをベッドに呼びつけ、水飲みやリンゴの皮むきを毎日ねだった。娘たちも最初はこづかい欲しさに応じていたが、ひな鳥のように口を開けた年寄りが気持ち悪いと言って拒否を決め込む。義父はヨシ子にますます世話を求めた。義母を失った寂しさを思えば無視もできず、毎回のトイレ介護にも応じてやっていたのだ。

そんな苦労も今日で終わる。ライブ映像のチェックを始めて、そろそろ三十分。ちょっと飽きてきたとポテトをつまんだところで、義父の首がガクンと横に倒れた。

え、本当に死んじゃったの？

さすがに手が震え、放置したことを少しだけ後悔する。これって罪になるのかしらと口を押さえ、病死だから大丈夫なはずだと息を吐いた。買い物中で気づかなかったと言えば平気だし、介護を頑張った自分が責められることはない。医者と警察、どっちを呼ぶんだっけと検索してからヨシ子はゆっくりと自宅へ向かった。

玄関ドアを開け、静かに義父の寝室へと入る。

ポカンと口を開けた死体に、お義父《とう》さんと泣きついたほうがいいのか。でも娘たちはまだ学校だし、誰もいない家で演技するのも間抜けだろう。ひと息ついてから医者を呼んで、そこでうろたえればいいとヨシ子は肩を回した。

ふと、タンスの上の見守りカメラに気がつく。撮影中だったことを思い出して焦り、撤去しなきゃと背を向けたところで下から笑い声が漏れた。

「ウソだよん。ヨシ子さん、びっくりした？」

薄目を開けた義父が左手でVサインしていた。そっちは麻痺している側だろうと、ピンと張った二本指をへし折りたくなる。やはり寝たきりもフェイクだったかと一年間の苦労が恨みに変わり、ヨシ子はちくしょうとベッドに片ひざをのせた。

「じいさん、いい加減にしてよね」

「そんな怒るなよ。本当に具合が悪かったんだ。ずっと肩に激痛があって胸も苦しくて。だからあのカメラで、ヨシ子さんにメッセージを送ったってわけ」

弱々しい息づかいも、どうせ気を引くためだろう。

設置したばかりの見守りカメラで、さっそく悪ふざけかと腹が立つ。もうこいつに振り回されるのはたくさんだ。ライブ中継も便利だなと感想を述べる義父にまたがり、首に手を伸ばしたところで帰宅した娘たちが物音のする寝室へと入ってきた。

義父にのしかかる母親をぼう然と見つめていたが、だましやがってという小声に事態を察した。娘二人もうすうす仮病に気づいていたのである。

「ママ、首を絞めるのはマズイわよ。鼻と口をふさぐだけでいいんじゃないかな」

「なるほどね。じゃあ、その手ぬぐいを少しだけ濡《ぬ》らしてきて」

「だったらビニール袋も使おう。マンガでよく見かけるから試してみたかったんだ」

ノリノリなのは義父の保険金を思ってのことだろう。

娘たちは年子で東京の私大進学を希望していた。経済的に厳しいことは知っていて、奨学金を覚悟していたがこれで悩みは消えそうだ。かわいい孫娘の役に立てるのだから本望よねと、ヨシ子は手ぬぐいを義父の顔半分にそっと置く。

義父の腕と脚はふとんの上から娘二人に押さえさせていた。ぐったりと無抵抗なのは孫娘たちの願望を察したからかもしれない。最後はいい人として死んでいくんだと感慨深く、ヨシ子はありがとうの気持ちとともにビニール袋を顔に近づけていった。

「ちょっと待って。何か手応えがなさすぎるというか」

腕を押さえる長女が、手ぬぐいを外して義父の呼吸をチェックする。小首をかしげる彼女にうながされ、ヨシ子もビニールに手を入れて義父の首すじを触ったが脈はない。とはいえ油断大敵だと気を引き締め、すぐにのしかかれる距離で様子をうかがった。

うつろな瞳はカメラに向けられていて、案外気に入っていたのかと微笑《ほほえ》ましい。撮影されるのが好きだったのかと思いつつ、娘たちと雑談して十分ほど。もういいだろうとふたたび脈を見て、よし大丈夫と女三人で顔を見合わせた。

「これでゆっくり眠れるわ。介護ベッドもなくなるし、家もだいぶスッキリするわね」

「でも何で死んだのかな。手ぬぐいは顔に置いただけ。押さえつけてなかったよね」

「ということは自然死かな。それともショック死とか」

娘たちの言葉に、ヨシ子は多少の不安を覚えた。

帰ったら死んでいたで通すつもりだが、あれやこれやと医者に質問されるはず。一応は死因らしきものを知っておこうと思い、胸が痛い、肩に激痛など義父が訴えていた症状をスマホで検索した。そういえば呼吸も苦しそうだった。すべてが心筋梗塞での突然死に当てはまり、じゃあ急いで駆けつけてもダメだったというシナリオが成立することにホッと安堵《あんど》の笑みが漏れる。

かかりつけ医に電話し、ヨシ子は取り乱した声で死亡を告げた。

すぐに行きますと答えるも、家に来たのは二時間後だった。見立てはやはり心筋梗塞で、つい口もとがゆるむ。娘たちにイヤなことをさせちゃったなと反省しながら医者を見送り、ヨシ子は棚から見守りカメラを下ろした。

投身　朝永理人

朝永理人（ともなが・りと）

1991年生まれ。福島県郡山市出身。第18回『このミステリーがすごい！』大賞・優秀賞を受賞し、2020年に『幽霊たちの不在証明』でデビュー。他の著書に『観覧車は謎を乗せて』『毒入りコーヒー事件』（以上、宝島社）がある。

一身上の都合で身投げします、せーのっ！

立ったままの体勢から体を前に傾けて私は前方へと倒れ込んだ、足の裏、スニーカー越しにあった足場の感触が消え、ふわり、と、浮遊するような感覚を味わったのも束《つか》の間《ま》、私の体は頭から真っ逆さまに落ちていく、すべてを後方へ置き去りにして、落ちていく、落ちていく、落ちていく、猛スピードで死に近づいていく、びゅう、という風の音が耳をつんざく、Tシャツが風でばさばさとはためく、私が落ちていく音、私が砕け散るまでのBGMだ、風圧で息ができない、顔の皮膚が外側へ広がる、口が横に開いて唇がぶるぶる震える、先月切り揃《そろ》えた髪も風で後ろに全部追いやられて視界にまったく入らない、というか目を開けているのもやっとだ、きっと顔も髪型も風でひどいことになってるだろうが、そんなこと今さら気にしてもしょうがない、スカートをはいてきたら大変だったろうな、ほんとよかったパンツ派で、とか考えている暇はないのだ、実際のところ私に残された時間はごくわずかである、さてここで物理のお勉強、地球上では落下する物体は一秒間に九・八メートルの割合で加速する、下調べしたところ私が飛び降りた場所の高度は六十五メートル、よって下に到達するまでの所用時間はおよそ三・六秒、それが私に与えられた猶予期間、私に残された時間だ、もっともこれは観測地点が真空状態であるという前提に基づいて計算した値であり、実際は空気抵抗がかかる分、それよりもわずかに時間は延びる、今私の呼吸を邪魔している空気抵抗が、結果的に私が呼吸できる時間をコンマ何秒か長くする、落下する私の視界、景色はだんだんと見える範囲を狭め、その分、大きく鮮明に見えてくる、それに伴い、死のリアリティも増してくる、風圧と恐怖でまぶたをぎゅっと閉じたくなるが必死でこらえる、これから見えるものが大事なのだ、見逃すわけにはいかない、すると私の眼前に、過去の出来事の断片が立ち現れる、いわゆる走馬灯だ、ちょっと始まるのが遅い気がするけど、これ最後まで見られるよね、途中で時間切れになったりしないよね、そんな不安に駆られる私の頭の中、これまで体験した物事が、ちょうどスマートフォンの画像ファイルを勢いよくスワイプしたみたいに、ばばばばばっと流れ込む、なだれ込む、家族で行った縁日でこっちにしなさいと言われて、気に入ったお面を買ってもらえず泣いた幼少期のことから、今年の夏、クラスメイトのユミと一緒に水着を買いに行ったことまで、「ミナミはこういうのが絶対似合うから」とそそのかされて買った、どう考えても私よりユミに似合いそうなオレンジ色のかわいらしい水着は結局一度も着ないままだ、走馬灯に現れるその時々のすべてを思い出そうとすれば、時間なんて到底足りなくなってしまいそうなのに、不思議なことに、その時の空気のにおいや温度、相手の声音に至るまでを、私は正確に精密に把握できる、私の頭の中で、時間は凝縮されて自由自在に伸び縮みする、もしくは光の速さに近づくほど時間の流れは緩やかになるというから、落下しながら加速している私の時間も、少しくらいは進むのが遅くなっているのかもしれない、もっともいくら時の流れが緩やかになっても、終わりは必ず訪れる、川面《かわも》が迫る、今さらそんなことをしてもどうにもならないのに、私はぎゅっと体に力を込める、「あのさ、変なこと言わないでよ」、佳境に差しかかった走馬灯では、視線を泳がせたユミが、まだ髪が長かった私から目をそらしている、「ミナミの気持ちは嬉《うれ》しいけどさ、無理だよ、だってあたしたち」、そこで肩と股関節に抵抗がかかり、私の体は急激に落下速度を緩め、ほんの一瞬、空中で完全に静止したあと、これまでの進行方向とは反対のほうへぶっ飛ばされる、私の喉からは、世界最大の蛙の断末魔のような、人には聞かせられないようなひどい声が出る、上方向に引っ張られた私の体は、しばらくして、また下方へと落ちていく、あるところまで落ちるとまた背面へ引っ張られる、そうした上下運動を何度か繰り返すうち、だんだんと幅は狭まっていき、やがて私の体は橋と川の間で宙ぶらりんになる。

身をよじり、橋の上にいるスタッフさんにハンドサインを送ると、私を繋《つな》ぎ止めていた伸縮性の高いロープをつたって、リングがしゅるしゅると落ちてくる。

もがくようにしてそれをつかみ、事前に説明を受けていたように、胸のフックに留めたあと、再び上にハンドサインを送ると、スタッフさんにより、私の体は徐々に引っ張り上げられていく。

鉄製の橋の、外側に設《しつら》えられた足場に立つと、体がやけに重たく感じる。手すりをまたいでからロープをはずし、「ナイスジャンプ」と労《ねぎら》ってくれる若い女性スタッフさんの手を借りながら、身につけていたハーネスやベストを脱ぐ。

橋をあとにした私は、まだちょっと重たいような、ふわふわしたような、そんな不思議な足どりで、来る時に降りたバス停まで続く下り坂を歩きながら、ついさっき見た走馬灯のことを考える。とくに最後に現れたやつを。

もしかしたら出てこないかと思ったけれど、そう甘くはないようだ。

あーあ、と思った。

同時に、だったら私はどうすればいいんだろう、と途方に暮れた。

忘れようとしても忘れられないし、全てをうっちゃって逃げようとしても、走馬灯になって立ちはだかってくる。

謎の敗北感と悔しさに襲われて、大声で叫びそうになった。周囲に誰もいないのをいいことに、実際に大声で叫ぶと、近くの枝に止まっていた野鳥が驚いて飛んでいった。

飛び降りた影響で三半規管がまだ乱れていたところに、久々に大声を出したのも相まって、頭がくらくらする。

そんなくらくらしたままの頭で私は決めた、あの日のことが走馬灯に出てこなくなるまでは、ロープなしで飛び降りるのはひとまずおあずけだ、と。

失恋のシーンなんて私の走馬灯に入れてやるもんか。

そのためには、これからもっと美しいものを見たり、心が震えるような経験をたくさん積まなくてはならない。

よりよい走馬灯を見るためだなんて、生きる理由としては我ながらずいぶんと後ろ向きな気がするけれど、そこはまあ、多様性ということで。

呪いの首飾り

倉井眉介

倉井眉介（くらい・まゆすけ）

1984年、神奈川県横浜市生まれ。帝京大学文学部心理学科卒業。第17回『このミステリーがすごい！』大賞を受賞し、2019年に『怪物の木こり』でデビュー。他の著書に『怪物の町』（以上、宝島社）がある。

どうやら人類は本当に一人残らずこの世から消え去ってしまったらしい。

僕は呆然《ぼうぜん》として右手に持った呪いの首飾りに目をやった。


数分前のことだ。僕は右の頬に床の硬さを感じて目を覚ました。

身体があちこち痛い。なぜこんな硬い場所でうつぶせに寝ているのか。思い出せないままゆっくりと身体を起こすと、学校の手洗い場と屋上へ続く階段が目に入った。

どうやらここは僕の通う中学校の南校舎四階の階段らしい。

そういえば昼休みに僕は屋上に繋《つな》がる扉の前で一人でゲームをしていたはずだ。

それがいきなり階段の傍らで寝ていたなら、階段を踏み外して気絶していた可能性が高い。その証拠に頭が痛いし、耳鳴りもした。触れてみると、わずかながら右側頭部から出血していた。

やっぱり階段から落ちたんだ。たいした出血じゃないけど、一応保健室に行かないとまずいかも。

僕はよろよろと立ち上がると、ハンカチで頭を押さえて歩き出した。

保健室は二階だが、めまいがするので一旦、階段は避けて四階視聴覚室前と情報処理室前の廊下を進んで行く。

教室の時計を確認すると、針はすでに五限目の開始時刻を指していた。

もう授業が始まってるのか。

思わず溜息《ためいき》を吐《つ》くと、しかし、そのとき僕はある異変を覚えた。自分の溜息が聞こえなかったのだ。えっ、と声を発したはずが、その声も聞こえない。さらに教室の扉や壁を叩《たた》いてみても結果は同じ。どうやら僕は耳が聞こえなくなっているようだった。

一体どうして、と思ったが、原因は明らかで、頭を打ったことに違いなかった。

近くにひと気がないことと耳鳴りのせいで気づかなかったが、きっと目覚めたときから聞こえていなかったのだろう。僕は急に恐ろしくなって、近くにある三年の教室に助けを求めることにした。

この症状が一時的なものなら構わない。けど、そうでなかったら重症だ。

半ばパニックになりながら三年一組の扉を開ける。すると、そこには予想外の光景が広がっていた。教室には誰もいなかったのだ。

一瞬、移動教室かと思ったが、ほとんどの机にはノートと数学の教科書が閉じた状態で置かれていた。いかにも、これから授業が始まるという状態だ。

それなのに、どうして誰もいないのか？

少々奇妙に感じたが、いまはそんなことを気にしてる場合じゃない。すぐに二組の教室へ移動するも、そこにも人はいなかった。三組と四組も同じだ。どの教室も机に閉じた教科書とノートが並んでいるばかりだった。

まるで授業が始まる直前に全員、煙のように消失してしまったのかのようだ。

何だか狐《きつね》につままれたような気分になった僕は力が抜けて、頭にハンカチを当てていた手を下に降ろした。そのときブレザーのポケットに入れていたものが布越しに触れた。それは前に露店で買った「呪いの首飾り」だった。

普段は露店で買い物などしないが、そのときは木製の不気味な人の顔の飾りが気になって、思わず購入してしまった。意味ありげに笑う店主の男は言った。

「その飾りの顔が割れたとき、君のもっとも邪悪な願いが叶《かな》うよ」

彼によれば、この首飾りはブードゥー教の呪術師が作った本物らしい。

だったら、なぜそんな物を露店で売っているのかとは思ったが、邪悪な願いという言葉には強く惹《ひ》きつけられた。僕には「僕以外のすべての人にこの世から消えて欲しい」という、邪悪と言われても仕方のない願いがあったからだ。

別にいじめに遭っているわけではないし、人と喋《しゃべ》れないというわけでもない。でも、人といることが僕にはこの上なく億劫《おっくう》だった。この先もずっと人と付き合っていかなければいけないのかと思うと、ぞっとする。だから店主の話を聞いたとき、これで僕以外の人類がみんな消えてくれたら、と願わずにはいられなかった。

もちろん本気で願いが叶うとは思っていなかった。ただ、わずかでもその可能性があると思うだけで心が少し軽くなった。だから、いつも持ち歩いていたのだ。

言ってみれば、一種のお守りだ。

だが、そのお守りに僕はいま戦慄《せんりつ》した。その「顔」にひびが入っていたからだ。

まさか、本当に願いが叶った？

馬鹿げた考えだとは思ったが、他にいまの状況をどう理解すればいいかわからない。

言い知れぬ不安が胸の中に渦巻き、僕は堪《たま》らず近くの階段から三階に下りて、僕のクラスである二年四組に向かった。そこなら確実に人がいると考えたからだ。

五限は移動教室じゃないし、防災訓練の予定もない。今度こそ大丈夫だ。

そう自分に言い聞かせながら僕は自分のクラスの扉を開けた。だが、そこにもまた人はいなかった。隣の三組も二組も一組も確認したが、やはり閉じた教科書とノートがあるだけ。通常では説明のつかないことが起こっていた。

馬鹿な……本当に僕の願いのせいだっていうのか？

他に何か合理的な解釈はないかと思ったが、昼間の学校から忽然《こつぜん》と生徒全員が消える理由などひとつも思い浮かばなかった。

どうやら人類は本当に一人残らずこの世から消え去ってしまったらしい。

僕は呆然として右手に持った呪いの首飾りに目をやった。そして目を閉じ、両手で強くそれを握りこんだ。

頼むから、みんなを元に戻してくれ。

自分で願ったことだけど、実際にこの世界から自分以外の人間が消えたと思ったらとてつもない恐怖心が僕を襲った。とてもじゃないが、一人でなんて生きていけない。心の底からみんなに戻ってほしいと首飾りに祈った。

すると、少しして僕の耳が何かの音を捕らえた。僕ははっと顔を上げた。

「広川《ひろかわ》先生に大きな荷物が届きました。至急職員室にお戻りください」

聴力が戻ったのか。微かだが、確かにスピーカーから人の声が響いていた。人の生存を示す校内放送だ。だが、それに僕が抱いたのは喜びではなく警戒心だった。なぜなら広川校長のことを「校長」ではなく「広川先生」と呼んでいたからだ。

まさか、これって……。

「そこで何してるんだ?」

背後からの声に、僕はビクリとして振り返った。そして大きく目を開けると自分の仮説が正しいことを知った。

校長を「広川先生」と呼ぶのはある事態を警告するための符丁だ。

僕はそれを気絶していて聞き逃した。だから校舎に一人だけだったのだ。

「おい、俺が何してるって聞いてるだろうが!」

突然、激昂《げきこう》した目の焦点の合わない男はただ一人、彼という不審者から避難し損ねた僕に血塗《ちまみ》れのナイフで襲いかかった。

大好きなお兄ちゃんへ　貴戸湊太

貴戸湊太（きど・そうた）

1989年、兵庫県生まれ。神戸大学文学部卒業。第18回『このミステリーがすごい！』大賞U-NEXT・カンテレ賞を受賞し、2020年に『そして、ユリコは一人になった』でデビュー。他の著書に『認知心理検察官の捜査ファイル　検事執務室には嘘発見器が住んでいる』『認知心理検察官の捜査ファイル　名前のない被疑者』（以上、宝島社）がある。

――大好きなお兄ちゃんへ、いっぺん死んでください。

手紙の最後の一行はそう締めくくられていた。その衝撃に、俺は我が目を疑いながら手紙を再読する。しかし、そこに書かれていることは変わらなかった。俺が工事現場で必死に働いて、親代わりになってきた七海《ななみ》がこんなことを。信じられなかった。

思えば、糞《くそ》みたいな俺の人生の中で、七海だけが希望だった。酒浸りで体を悪くして死んだ父親と、男と一緒に逃げた母親。残された俺の心の支えになったのは、まだ幼かった七海だった。お兄ちゃん大丈夫だよと慰めてくれたその言葉だけで、俺は前を向くことができた。惰性で進んだ高校は早めに中退し、その後は工事現場で働いた。先の見えないダメダメな人生の中で、働いてお金を貯《た》めた理由はただ一つ。七海を大学に行かせるためだ。七海は頭が良い。大学に行けないなんて、あまりにもったいなかった。それに俺自身、高校中退だというだけで何度も理不尽な目に遭った。七海にはこんなつらい思いはしてほしくなかった。だから俺はお金を貯めたのだ。どれだけ体を痛めようとも、現場監督に罵られようとも、七海のためを思って働き続けた。

七海が高校生になった時、大学の学費を貯めていると伝えた。七海は驚き、受け取れないと拒否した。お兄ちゃんが自分のために使うべきだ、と。だが、俺がいかに七海のためを思っているかを熱く語ると、最終的には受け取ると答えてくれた。お金を狙う奴がいるかもしれないから、誰にも話すなよと忠告すると、七海はうんと首を縦に振った。ようやく伝えることができて俺は安堵《あんど》し、より一層頑張らねばと思った。

がむしゃらに働く中、俺は頻繁に七海の部屋に行って様子を見た。俺が入ると、七海は必ず勉強机に向かって問題を解いていた。俺は嬉《うれ》しくなり、働くための活力が湧いてくるのを感じた。七海が努力して勉強をしてくれれば、どんなに過酷でギスギスした現場でも頑張れる気がした。住んでいたぼろアパートは隙間風だらけで寒かったが、部屋で七海が勉強を頑張っているかと思うと、どんな寒さにも耐えられた。

ところが、ある日曜日のこと。現場が近くだったので、昼休みにちょっと抜けて七海の様子を見に行った時のことだ。勉強机に向かっているはずの七海は、外で小さな子供たちと遊んでいた。無邪気で、楽しそうで、解放感あふれた様子だった。七海は、子供たちと走り回っていた。俺のことに気付いていなかった七海は、子供たちと走り回っていた。俺はなぜかとっさに陰に隠れて、七海たちを見守った。遊びがひと段落した後、子供たちは口々に、ななみんは——これは七海のあだ名だ——僕たちとずっと一緒に遊んでくれるの、と問い掛けた。七海はもちろんだよ、と笑いかける。子供たちはワッと湧いた。

勉強はどうしたんだ。俺は気が付けば拳を震わせ、七海をにらみつけていた。

それからというもの、俺は七海にとって想定外の時間に様子を見に行くようになった。すると、七海は大抵外で子供たちと遊んでいた。いつも勉強机に向かっていたのは、俺が見に来ると分かっていたからなのだ。どうしてそんなごまかす真似《まね》までして遊んだりするのか。理解できない七海の行動に、俺は頭を抱えた。

そして七海は高校三年生になった。学費は随分貯まったが、七海は相変わらず子供たちと遊んでいる。業を煮やした俺は、ある時、子供たちと遊んでいる七海に声を掛けた。俺は驚く七海の腕を引き、アパートの俺の部屋に引っ張って行った。今日からここで勉強するように、と俺は厳命した。子供たちとはもう遊ぶな、とも付け加えて。また様子を見に来るからなと言うと、青ざめた七海はかろうじて頷いた。

それから、俺は七海を自分の部屋で勉強させ、何度も仕事を抜けて様子を見に来た。七海は泣きそうな顔をしていたが、これもお前のためだと告げて勉強に集中させた。

それでも、七海の高校三年生の成績は下落を続けた。ついには就職を考えてはどうかとまで言われた。あの頭の良かった七海がどうして。俺は考え、七海がこっそりサボっているという考えに至った。部屋を抜け出し、また子供たちと遊んでいるのだ。

俺は七海に、勉強をサボっているだろうと問い質《ただ》した。七海は泣いて、サボってはいないと反論した。ずっと部屋で勉強をしていると。それならどうして成績が落ちるんだと俺が言い返すと、お兄ちゃんが怖いからとビクビクした声で指摘された。俺が怖い？　よく意味が分からなかった。俺は七海の最大の理解者だ。多少怒ることはあるが、それも全て七海のため。七海だって、そのことは分かっているはずだ。

だが七海は意を決したように、お兄ちゃんはおかしいと叫んだ。俺は戸惑ったが、大学に行けば明るい未来が待っているんだぞと言い聞かせた。しかし七海は、大学なんて行きたくないと首を振った。俺は愕然としたが、そんな俺をよそに七海は、高卒で就職したいと予想外の意見を口にした。もともと大学に行くつもりはなく、就職をして自分一人で稼いでいきたかったそうだ。俺がめまいを覚える中、七海は、そうして働いて貯めたお金で、あの子供たちに良い思いをさせてやりたいんだと言った。

誰かのために働いてお金を貯めることは尊いことだが、それは大学を出てからもできるだろう。俺はそう指摘したが、七海は大学で四年間遊ぶぐらいなら、高卒で働いた方が意味があると譲らなかった。そして、七海はそれに……とつぶやいて、一通の手紙を差し出した。一緒に遊んでいた子供のうちの一人からの手紙だという。

ななみんお兄ちゃん。ずっといっしょに遊んでくれるって約束したのに。もう遊んでくれないいんだね。お兄ちゃんはうそつきだ。だいきらい。ぼくたちより勉強の方が大好きなお兄ちゃんへ、いっぺん死んでください。

俺が大事に育てた七海が、こんなことを言われているなんて。呆然《ぼうぜん》とする俺をよそに、七海はスイッチが入ったようにまくし立てた。僕はお兄ちゃんの操り人形じゃない。七海啓太《けいた》という意思を持った一人の人間なんだ。そもそもお兄ちゃんと僕は家族でもない赤の他人だ。ただ、入った児童養護施設が同じだっただけだ。それなのに、施設を出た後も勝手に親代わりのような顔をして大学まで行かせようとして。施設の人を疑って、学費のことを教えないようにしたり、施設の部屋から連れ出して、日中はアパートの部屋に軟禁までしたりして。本当に迷惑だ。おまけに大事に思っていた施設の子供からこんな手紙をもらって。お兄ちゃんは僕のことを大事に思っていたんじゃない。良いことをしたつもりになって満足したかっただけなんだ。

一気に言い切った七海は、結局お兄ちゃんは自分自身のことしか考えていないんだとつぶやいた。俺は反論したかったが、言葉がのどに引っかかって出てこない。何も言えない俺に向かって、七海は突き放すようにこう言った。自分自身のことが何より大好きなお兄ちゃんへ、いっぺん死んでください。

蠱毒　美原さつき

美原さつき（みはら・さつき）

1986年生まれ。大阪府大阪市出身。滋賀県立大学・滋賀県立大学大学院では環境動態学を専攻。第21回『このミステリーがすごい！』大賞・文庫グランプリを受賞し、2023年に『禁断領域　イックンジュッキの棲む森』（宝島社）でデビュー。

殺人現場も害虫駆除業者の仕事場だ。

有田《ありた》は慣れた手つきで階段の踊り場に養生シートを敷き、その上に道具を並べ始めた。今日はマンションにおけるハエの駆除、及び人間の死臭の消臭作業を実施する。いわゆる殺人事件現場の特殊清掃だ。古いマンションの二階にある2DKの一室で、三十代後半の男性が殺されたらしい。発見が遅くなったこともあり、部屋の中には強烈な臭いと、死肉を食らうハエなどの昆虫が蠢《うごめ》いている。こういった現場を化学薬品の力で清め、遺品整理業者につなぐのも駆除業者の仕事の一つだ。室内に飛び散った血の量は少ないようで、血液の除去までは作業見積に含まれてはいない。

本日はベテランの奥原《おくはら》も一緒だ。有田の二つ上、齢《よわい》二十八にして勤続六年目になる。

二人はツナギ式の防護服をまとい、パンデミック映画のごとく防塵防毒マスクとゴーグルを装着した。暗い場所を照らすため、頭にバンド式のヘッドライトも取り付けた。使用するのは、散布用ホースとプラスチック製タンクが合体した薬剤噴霧器。タンク内には、消臭効果を有する殺虫薬剤がたっぷりと入っている。総重量五キロほどあるが、タンク上部に取っ手がついているので持ち運びしやすい。

奥原が二〇一号室の扉を開けると、大量のハエが一斉に飛び出してきた。外への虫の拡散を避けるため、有田と奥原はそれぞれ噴霧器とゴミ袋を携え、急いで入室した。

さっそく、おぞましいものが目に飛び込んできた。居間のカーペットに、真っ黒な人型の染みができている。あそこで居住者が死んだのだ。人が死ぬと、体液が流れ出て、体の形をなぞったような跡になる。染みの上には何百、何千という大量のウジ虫がわいていた。

「奥原さん。俺、二週間くらい前のニュースで見ました。独身の男が強盗に絞め殺されたって話。あれって、多分ここの部屋じゃないすか」

「そうかもな。遺体は死後三ヶ月で白骨化が進んでたみたいだけど、喉仏の骨が損傷していたから、絞殺だってわかったみたいだ。犯人は凶器を持ったまま逃げたって聞いたよ。ベランダの窓の鍵が開いてたから、そこから逃げたんじゃないかってさ」

ここの居住者は、生き物の飼育が趣味だったらしい。壁際や棚の中など、至るところにガラスケースやケージが置かれている。

床の上にある大きめの飼育ケースは、ガラス面が派手に割られていた。ケージに関しても、入口の留め具が壊されている。犯人が被害者と揉《も》み合った際に破損したのかもしれない。ただ、他の物や家具には特に荒らされた様子がなく、かなり不自然だ。

「犯人、まだ逮捕されてないみたいじゃないすか。犯人が飼育容器を壊して、ウサギとかトカゲを盗み出した可能性があるって言ってましたね。ここの持ち主、相当珍しい爬虫類《はちゅうるい》も飼ってたらしいじゃないすか」

「そう言うけどよ。動物を抱えて二階のベランダから下りるって大変だぜ。俺的には、生き物が自分で逃げ出したんじゃないかって思うんだがね」

「動物風情にそんな器用な真似ができるんすか」

「仕事柄言うが、生き物を舐めるなよ。生きるためなら、やつらはとんでもない行動に出ることもある。でっけえヘビがケージをぶっ壊して逃げたって話も聞くぜ」

「あっ、わかった。それっすよ。腹が減ってたから、動物たちが入れ物から脱走して食い合ったんですよ。だから、ハエ以外に生きてるやつが何もいないんすよ」

「なんだよ。まるで蠱毒《こどく》じゃねえか」

「コドク？　なんすか、それ」

聞き慣れない言葉に、有田は眉をひそめた。

「大昔の呪いの儀式だよ。いろんな虫や動物を入れ物の中に閉じ込めて、最後の一匹になるまで共食いさせるんだ。そんで、残った一匹が呪いの道具になる」

「エグいっすね。まあ、でも、それと同じっすよ。きっと共食いっすよ」

「馬鹿言うなよ。ケダモノ同士で殺し合いしたら、部屋中が血みどろになるだろうが。さあ、さっさと仕事にかかるぞ。風呂は俺がやるから、お前はここと和室を頼む」

奥原に促されるまま、有田は噴霧器を片手に薬剤散布を始めた。即効性の強い薬剤なので、ハエたちは瞬《また》く間に撃墜されていった。

居住者のデスクにハエが十匹ほどたかっている。有田はそれとなく噴霧器のノズルを向けた。すると、机上に領収書らしきものが数枚見えた。そのうちの一枚だけ、赤字で書いてあったので一際目立っていた。

〈Boa（M） Price：$2000 Length：2m〉

一瞬気にはなったが、英語で書かれているので理解できず、すぐに脳裏から消えた。

有田は散布を続け、和室に足を踏み入れた。すると、ハエの数が一気に増えた。半開きになった押入の引き戸の隙間から、ハエが次々に室内に出てきている。押入の中に何か発生源でもあるのだろうか。

不審に思った有田は押入の戸を引いて、中の様子を覗き見た。

押入の天井面のベニヤ板がずれて、十センチくらいの隙間ができている。古いマンションの和室では、押入の天井面に点検口を作っていることが多い。ハエたちは、その点検口の隙間を通って天井裏から下りてきているようだった。天井裏に害虫の発生源があるなら少々面倒だ。首を突っ込んで中を点検しなくてはならない。

押入に寝具類は入っていなかったので、重い防護服を着ていても、容易《たやす》く中板の上に登ることができた。そのまま有田は中板の上で立ち上がり、ベニヤ板をさらにずらして、天井裏へ頭と腕を入れた。点検口の幅は三十センチ程度しかなく、上半身を通すのは難儀だった。

真っ暗闇の天井裏を照らすため、有田はヘッドライトの電源ボタンを押した。すると、埃《ほこり》だらけの電気配線や天井ボードの上に、黒い糞のようなものが見えた。でかい。天井裏に棲《す》むネズミのものではない。イヌの糞と同じくらい太くて大きい。

「何だよ、これ？」

そのときだった。だしぬけに、真後ろから、有田の顔に太いロープのようなものが巻きついてきた。抵抗する間もなく、信じられない力で首が絞め上げられる。無酸素の真空に放り込まれたかのように、有田はたちまち呼吸ができなくなった。

誰かが天井裏に潜《ひそ》んでいたのか。こんな配線だらけの狭いスペースに？

有田は腕を振り回し、死に物狂いで抵抗する。だが、前後左右いくら拳を突き出しても空を切るばかりで、相手の体にはヒットしなかった。

とにかく有田は必死にもがいた。だが、縄の絞まる力はあまりにも強く、まったく解《ほど》けない。天井裏から押入の中に上半身を戻そうとしたが、防護服を着てかさばった体が狭い点検口に引っかかってなかなか抜け出せない。奥原に助けを求めようにも、喉がどんどん締まってくるし、防塵防毒マスクのせいで声がくぐもって届かない。

「おい有田。この領収書見ろよ。ここの飼い主、海外からＢｏａなんて買ってるぞ。日本じゃ飼育が禁止されてるヘビだよ。興味本位で飼うと絞め殺されるぞ」

完全犯罪で最後に笑う者　柊悠羅

柊悠羅（ひいらぎ・ゆら）

1999年、大阪府生まれ。現在、大阪公立大学大学院工学研究科卒業。
第20回『このミステリーがすごい！』大賞・隠し玉として、2022年に
『不動のセンター　元警察官・鈴代瀬凪』（宝島社）でデビュー。

博士論文が受理されないので、指導教授を完全犯罪で殺そうと俺は考えた。

大学の単位は担当教授が死亡することで自動的に認定される、と聞いたことがある。ならば今、俺が博士課程を修了するには教授を殺す他に方法はない。

実験は上手くいったにも拘《かか》わらず、教授は論文を受理してくれなかった。アカハラというやつだ。何度も考え直したが、もう限界だった。これ以上どう足掻《あが》いても今以上の成果は得られないし、俺が修了することは叶《かな》わない。今の日本で博士課程に進んでしまったことが全ての過《あやま》ちだったのかもしれない。だが、後ろを振り返っている暇はない。思い立ったが吉日。計画は既に動き出している。

俺は応用微生物学研究室所属で、特に菌に関する研究をしている。この手の研究は菌や微生物の機嫌が研究の成果を左右する。そういう意味では教授よりも、教授の理想とする結果を生まない菌を殺したいわけだが、そんな菌はこの世にいなかった。だからこうして教授を殺さなければならなくなったわけだ。なんとも皮肉な話だ。

俺はミステリー小説を読むのが趣味だ。だから犯罪には精通していると思う。しかし日本の警察は優秀だ。事は慎重に進めなければならない。

はじめは自殺に見せかけて殺そうと考えていた。しかし教授は来週、旅行の予定がある。普通に考えて、旅行の予定がある人物は自殺などしないだろうと考えるのが自然だ。よってこの作戦は破棄した。

次に考えたのは、事故を装った殺害だ。教授というのは常に不眠症に悩まされる職業らしい。俺の指導教授も例外ではないため、睡眠薬を常に服用している。となれば、教授を睡眠薬で眠らせることは非常に容易だ。眠気の中で起きた不慮の事故というシーンを簡単に作り出せる。

肝心の事故だが、これは所属している研究室の資産を利用させてもらう。所属している研究室では様々な菌が研究されている。その中には、当然納豆菌も存在する。教授の趣味はサーフィンで、休日は海へ行くことが研究室では有名な話だった。サーファーは海でクラゲに刺されることがしばしばあり、教授もその経験があると前に話していた。人はクラゲに刺される際、PGAという物質も同時に体内に取り込む。このPGAは納豆菌にも含まれており、サーファーは納豆アレルギーになりやすい。

睡眠薬で眠っている教授を実験室に残し、納豆菌を吸引させれば、アナフィラキシーショックで殺害することができる。一見すれば眠気で朦朧《もうろう》とした教授が、誤って納豆菌の保管庫を開けてしまい、吸引したという事故に見せかけられる。完璧な計画だ。

今晩は研究室に誰もいない。そして既に教授は眠らせた。後は実験室に移動して計画を遂行するだけだ。俺は思わず、笑みを零《こぼ》した。

公安捜査官の桜井《さくらい》は、応用微生物学研究室に設置した盗撮カメラで秋元《あきもと》という学生を監視していた。手元のぬるくなったコーヒーはもうすぐなくなりそうだ。

桜井は当初、梅澤《うめざわ》が主任教授を務める当該研究室の内偵捜査のために、監視任務を行っていた。当該研究室所属の何者かが、中国へ研究情報を横流ししているという疑惑があったためだ。梅澤らの研究する菌は軍事転用の危険性があり、公安は内偵捜査を実施していた。昨今は政府の意向によって経済安全保障の強化が行われている。外事警察も大学や研究所の不審な研究者への捜査を綿密に行っている。

その折、桜井は秋元による梅澤の殺害計画を偶然知ってしまった。博士論文が受理されないから教授を殺すなど、冗談かと思っていたがどうやら本気らしい。

この緊急事案に対して、上層部は桜井にこう指示した。

〈静観せよ。しかし、殺害は阻止せよ〉

正直面倒だというのが桜井の感想であった。上層部も、教授を殺そうとする秋元も、他国に研究成果を横流しする何者かも、おかしな連中ばかりだ。しかし、上層部の言い分は理解できる。

公安としては、中国が日本の研究情報を奪取する手法やルートを解明するために、本件の重要参考人である梅澤を生かして連れてくる必要がある。しかし梅澤の殺害を阻止することで、公安が監視している事実を彼らに知られる危険性がある。だが今回秋元による梅澤の殺害が未遂に終われば、事件関係者である研究室員たちは捜査に協力するために警察で事情聴取を受ける。これを利用することで、公安は横流しに関する聴取を自然に行うことができる。いわゆる別件逮捕に近い手法だ。残念ながら未だに情報流出の犯人を摑《つか》めずにいる公安にとって、これは絶好の機会である。

それに本件のコントロールは非常に簡単だ。秋元の動きも、梅澤の動きもこちらは把握済みであるからだ。ステロイドは準備しているし、救急車や受け入れ病院の準備も既に別の部隊が行っている。後は秋元が予定通りに納豆菌を梅澤に吸引させるだけ。

「これでこの研究室の行確も終わりか……。開始して二年、短かったな」

桜井は目覚ましに残りのコーヒーを喉に流し込み、微笑《ほほえ》んだ。

梅澤は一日の職務を終えて一息つきながら、研究室で思考を巡らせていた。

はじめは小遣い稼ぎのつもりだった。だが、気づけば沼から抜け出せず、研究成果を横流しした際の対価への依存度は、日に日に増していた。今では研究費どころか生活費すら賄《まかな》う生命線にまでなってしまった。だが、そろそろ抜け出そうと思い立ち、足を洗うことに決めた。改心したのもあるが、何より研究室に公安の監視カメラや盗聴器が設置されていることに気づいての一念発起だった。

足を洗うにあたり必要になったのは、言うまでもなくこれまでの汚れ仕事の痕跡を処理することだった。その処理のための完璧な計画として、秋元の博士論文を受け取らないというアカハラ作戦を考えついた。

秋元は優秀な学生であるが、短気で暴力的な扱いづらい学生だった。論文を不条理に受け取らなければいつか我慢の限界になり、こちらに暴力の一つでも振るってくると考えた。まさか殺害計画を練っているとは思わなかったが、むしろ好都合だ。公安にとって梅澤は重要参考人であるに違いない。秋元の計画を見過ごすことはないだろう。

アカハラによって秋元にアクションを起こさせ、そこを監視している公安に押さえてもらい、秋元を逮捕させる。中国への横流しの実行犯を、事前に改ざんして秋元としておくことで、警察は秋元を情報流出の容疑でも捜査するだろう。梅澤が論文を受理しなかったのは、秋元に情報流出の疑いがあったからだとでも言えば、警察を信用させることも不可能ではないはずだ。

全ての罪を秋元に背負ってもらい、梅澤は気持ち新たに研究者として邁進《まいしん》する。どのみち秋元のあの性格では社会に出て上手くいかないだろう。人柱にちょうど良い。

人生一度の大勝負。成功すれば明るい研究ライフを送ることが可能だ。

梅澤は予定通り襲ってきた睡魔に抗《あらが》うことなく、笑みを浮かべて瞳を閉じた。

A大学新入生宿泊セミナー　南原詠

南原詠（なんばら・えい）

1980年生まれ。東京都目黒区出身。東京工業大学大学院修士課程修了。元エンジニア。現在は企業内弁理士として勤務。第20回『このミステリーがすごい！』大賞を受賞し、2022年に『特許やぶりの女王 弁理士・大鳳未来』でデビュー。他の著書に『ストロベリー戦争　弁理士・大鳳未来』（以上、宝島社）がある。

自室に戻ると、床に大量のガチャポンカプセルが敷き詰められていた。

床に座っていた鈴木《すずき》は、振り向かずに訊《たず》ねた。

「佐藤《さとう》君、オリエンテーリングどうだった」

「どうだったも何も、お前も参加したんだろう。チームは違うが」

鈴木はカプセルを丁寧に開けながら答えた。

「僕は途中で抜けた。街道沿いに見事なおもちゃ屋を見つけたんだ。僕の見立てでは平成一桁台の建造物だね。お店の外にレトロな赤いガチャガチャが三つあった。全部空になるまで回したよ。おかげでチームからは置き去りにされた」

俺はナップザックを薄汚い部屋の隅に下ろしながら答えた。

「なあ鈴木。俺たちは今A大学工学部電気工学科の新入生宿泊セミナーにいるんだ。ここX県Y市の山奥にある宿泊施設には新入生二〇〇人が集まっている。日中はオリエンテーリングで一緒に山野を駆け回り、夜は宴会で盛り上がって交流を深めるんだ。なのにお前はガチャガチャ？　いったい何をしに来たんだ」

鈴木は胡坐《あぐら》をかいたまま、くるっと回ってこちらを向いた。鈴木の着ているTシャツ正面には、ドレス姿の美少女のイラストが大きく描かれている。

「失敬だな。そこにガチャがあったんだから回すしかないじゃないか」

ダメだ日本語が通じない。こんな社会不適合者と同室とは。

時計を見るともうすぐ午後六時だった。スケジュールによると六時から夕食で、そのまま宴会に突入する。俺は鈴木に断った。

「夕食は自由席だ。俺は煌《きら》びやかな席に加わる。お前は置いていく。きっと会話についてこられないだろうからな」

鈴木は特に反応せず、スマホを取り出した。

「ご自由に。僕は適当なところでここに戻ってゲームをしているから」

食堂に着いた俺は陽キャっぽい奴らの集まる席を見極め、席に割り込んだ。頑張って話をした。夕食が終わった瞬間、周りの全員が席を移動した。陽キャたちは瞬時に独自の島を作った。島には港がなかった。俺に入る余地はなかった。

陽キャたちの島にしれっと鈴木が混ざっていた。俺はビールを吹き出した。

鈴木はキャラクタを一切崩すことなく陽キャたちと渡り合っていた。カクテル・パーティー効果で、俺の耳には鈴木の声だけがはっきりと聞こえていた。

「無課金でキャラ愛を語る奴を見ると張り倒したくなるよ」「パソコンはマック一択だよ。マウスのボタンが一つだけだから間違えなくて済む」「霊能者に電話相談をすると『全部知ってましたよ』って言われるんだってさ」

皆かなり酔っているらしく、鈴木が話すたびに笑いが起こっていた。

スタッフ役の上級生が声を張り上げた。

「今から麻雀卓《マージャン》を立てます！　参加したい人は二階の座敷に集まってください」

俺はグラスを置き、麻雀に混ざった。部屋に戻ったのは深夜一時を過ぎたころだった。鈴木は先に戻っており、まだカプセルの中身を矯《た》めつ眇《すが》めつしていた。テーブルに鈴木のスマホがあった。スマホは濡れて、タオルが敷かれていた。

俺が訊ねるより先に鈴木が答えた。

「湯船に落としたんだ。大浴場で熱湯に浸かりながらスマホゲーのデイリー・ミッションをこなしていたら手を滑らせた。三時間後には限定ガチャが始まるのに」

振り向いた鈴木は、手にちっちゃなピストルを構えていた。カチャンと音がして、黄色いBB弾が俺の胸に当たった。鈴木は満足げに頷《うなず》いた。

「ストライカー方式のミニチュアピストルだ。素晴らしい。掘り出し物かも」

「お前、精神年齢は何歳だ」

「佐藤君、お願いがあるんだ。床に並べたガチャ開封結果を写真に収めてくれないかな。僕のスマホは動かない。写真は後で教えるLINEのIDに送って欲しい」

ふと、俺はこれらガラクタにどれくらいの価値があるのか気になった。俺は鈴木の言う通り写真を撮り、試しにさっきのピストルの写真で画像検索をした。

フリマサイトがヒットした。全く同じピストルが三万円で売れていた。

ゼロの数え間違いかと思ったが間違いなかった。他の出品を探すと全部で五件あった。販売価格は三万円から四万五千円。全て出品から数日以内で売れている。

俺は出品説明を読み漁った。一部マニアにとって垂涎《すいぜん》の品だという。ガチャのおもちゃにしては精巧で、製造元はとっくに潰れており新品の入手は絶望的だとか。

俺はスマホをゆっくりと仕舞い、鈴木に優しく声をかけた。

「鈴木君、先程私を撃った素晴らしいピストルをちょっと拝見してもいいかな」

鈴木は怪訝《けげん》な表情で答えた。「急にどうしたの」

「実はな、俺もその小さなエアガンはよいものだと思ったんだ。コンパクトにまとまったデザインが実にキュートだ。よかったら三百円で売ってくれないか」

鈴木は即座に首を横に振った。

「遺跡から掘り当てたお宝だよ。あとストライカー方式だからエアガンじゃない」

「五百円」

鈴木は呆《あき》れた表情で答えた。

「一万四千円なら今すぐ譲るかな。限定ガチャを天井まで回せるから」

俺は財布から即座に一万円札と千円札四枚を取り出し、鈴木に押し付けた。

「今すぐ譲るって言ったよな。欲しいんだ。感性に響いたんだ。頼む」

鈴木から小さなピストルを受け取った俺は、徹夜で麻雀を打つと伝えてすぐさま部屋を出た。即座にフリマサイトで件《くだん》のピストルを四万円で出品した。

良い投資であった。あとは麻雀を打ちながら売れるのを待つのみ。

帰る時間、翌日午後二時になっても、件のピストルは売れる気配がなかった。

鈴木が朝食から部屋に戻らず、しかもいつの間にか鈴木の荷物がなくなっていたことから全てを把握した俺は、ナップザックを手に取りロビーに向かった。

ロビーでは上級生たちスタッフ役が話し込んでいた。俺は何があったか訊ねた。

「また学外の人間が混ざっていたみたいなんだ。いるんだよ、新入生のフリをしてタダ飯、タダ酒、中にはタダ風呂にもありつく地元の若者。正直、一人か二人なら混ざっていても全然わからない。二百人もいるからね」

「へえ」と俺は適当に相槌《あいづち》を打ち、話し合いを続ける上級生、いやA大の学生たちを後目《しりめ》に堂々とエントランスを出た。A大卒の予備校講師が授業中にした「しれっと混ざっても絶対にバレない」との話は本当だった。

俺は宿泊施設から少し離れた場所に隠していたオートバイを引っぱり出した。

鈴木も学外の奴だったとは。おまけにこづかい稼ぎの詐欺まで仕掛けやがって。

とはいえ、ここでの経験がよい教訓となったことは否めない。宿泊セミナーでの出来事はこう解釈すべきだろう。ちゃんと勉強して、今度こそ合格しなさい。

「来年こそはA大生として来なくちゃな」

俺は決意を新たに、東京に向かってバイクを走らせた。

令和三十年のノストラダムス　宮ケ瀬水

宮ヶ瀬水（みやがせ・すい）

1991年生まれ。茨城県出身。立教大学法学部卒業。第16回『このミステリーがすごい！』大賞・隠し玉として、2018年に『三度目の少女』でデビュー。他の著書に『推理小説のようにはいかない ミュージック・クルーズの殺人』『横浜・山手図書館の書籍修復師は謎を読む』（以上、宝島社）がある。

あした、人類は地球からいなくなる。

昼下がりに外へ出て、ひとりでランチをしていると、時おり周囲の声が耳に入ってくる。仕事の話、家庭の話、旅行の話、健康の話。

俺はもう何年も同じ場所でランチをしているが、人の話題というのは、その時々でじつに様々だ。季節ごとに移ろいゆくし、大人と子どもでも違うし、男女でも異なる。趣味、職業、価値観、家族構成……その人間の無数の要素があわさって、話題というものはつくられる。

べつに聞き耳を立てているわけではないから、頭に入ってくるのは会話の断片だけなのだが、聞こえてくる話を勝手におもしろく思ったり、感心したり、驚いたりするのが、俺の楽しみのひとつとなっていた。

今日は、みんなが同じ話題に興じていた。

全員が同じ話題を挙げる状況というのは、けっこう珍しい。よほど大きな事件や事故が起きたときか、ゴールデンウィークやクリスマスなんかの共通イベントが近いときくらいでないと、こうはならない。意識は目の前のサラダに向けているものの、周囲の声は自然と耳に入ってくる。みんな、口を揃《そろ》えてこう言っている。

あした、人類は地球からいなくなる。

いつ頃、誰が言い出したのだろう。言葉の持つ悲壮感とは裏腹に、人々の表情は暗くない。むしろ、みんなどこか浮足だった様子で、笑顔を交わしながら、けっして悪くないことのようにこの話をしている。

かつて、同じような話題で盛りあがったことがあった。ノストラダムスの大予言。たしか、一九九九年、世紀末の七月に、空から恐怖の大王が降ってきて人類を滅亡させるといったような内容だったはずだ。今回の話は、これと極めて似ている。歴史は繰り返すとは、よく言ったものだ。

サラダを咀嚼《そしやく》しながら、のんびりと記憶をたどる。

いまになって振り返ると冗談のような予言だが、あのときはわりと、みんな本気で地球が滅亡すると信じていたんだっけ。子どもだけでなく大人でも信じる人が多くて、真剣に人類の終了について考え、最後の数年をどう生きるかについて議論していた。しかし、いまはみんな、笑っている。きっと現代ではもう、オカルトに対する捉え方が違うということなのだろう。

平成から令和になり、早三十年が過ぎた。時代は変わったのだ。空も宇宙も研究が進み、未知の領域というわけではなくなった。宇宙旅行なんていうのも実現している。恐怖の大王が降ってくるなんてことはあり得ないと、みんな確信的に理解している。

だからお気楽な表情で会話しているのだ。信じていないのならそんな話なんて放っておけばいいのにとも思うが、結局みんな、そういうのが好きなんだな。宇宙との交信とか、火星への移住とか。空を見上げていろいろなことを想像するのが好きで、会話するのをただ楽しんでいる。令和三十年のノストラダムスは、一種のエンターテインメントとして受け入れられているみたいだ。

ランチを終えて家に戻ると、俺はまっすぐ風呂に飛び込んだ。昼に入る風呂というのは、現代に生きる我々にとって最高の贅沢《ぜいたく》だ。手足を伸ばし、リラックスした状態で幸せを嚙《か》み締める。

かつて俺は、食べ物を得るのも難しく、慢性的に飢えていた時期があった。飢えというのは、とても苦しい。いまは悪くない生活を送っているが、あの頃の苦い記憶は一生消えないだろうと思う。それほどまでに辛かった。もうあんな思いはしたくない。六十代になり、徐々に老いを感じる年齢になってきたから、余計にそう思うのだろう。同じことの繰り返しではあるが、悪くない毎日。飯があって、風呂があって、寝床がある。これでいい。幸せだ。このまま静かに暮らしたい。

翌日もまた、昼になって気温が上がってきた頃、俺はいつも通りランチに出かけた。今日のメニューは何かなと考えながら皿を覗《のぞ》き、驚いてその場に立ち尽くす。

ランチは、用意されていなかった。

皿は、昨日りんごと小松菜を平らげた状態のまま放置されていた。

いったい、どういうことなんだ。

急いで家に戻り、風呂を確認する。水が入っているはずのプラスチックの容器は、カラカラに乾いていた。

嫌な予感がした。もういちど外へ出て、柵の外を見渡す。

人間がいない、いない。

どんなに空《す》いているときだって数人はいる見物客が、今日はひとりもいない。それだけではない。飼育員の姿も見えなかった。

人類は地球からいなくなる。その言葉の意味を、俺はようやく理解した。彼らはノストラダムスの大予言を繰り返して楽しんでいたわけではなかったのだ。

ここ数年、外気温が急激に上昇し、地球は人間にとって住みにくい場所となっていた。餌場《えさば》でりんごを齧《かじ》っているとき、見物客がそういった話をしているのを聞いたことがある。

だから彼らは、地球を捨てたのだ。動物園で飼育していた俺たちをそのままに、べつの星へ移住してしまった！

途方に暮れて空を見上げる。恐怖の大王が降ってくるなんてオカルトは、もはや誰も信じない。むしろ反対に、人間は自分たちが宇宙へと飛び立った。

太陽がじりじりと照りつけてくる。自分の置かれた状況をだんだんと理解しはじめる。

水も、食べ物もない。しかも、俺のいる飼育スペースは柵で囲まれているから、外へ出ることも叶《かな》わない。

俺はまだ六十年ほどしか生きていない。マダガスカルホシガメは百年生きるのに。これから四十年、どうやって生き延びればいい？

餓死は嫌だ。飢えは苦しい。人間に保護される前、俺は野生下で餌をとることができず、死にかけたことがあるのだ。もうあんな思いはしたくなかった。

予言など単なるオカルトだとわかっている。

けれど、いっそ本当に恐怖の大王が降ってくればいいのに。

父が小学生の頃に　浅瀬明

浅瀬明（あさせ・あきら）

1987年生まれ。東京都出身。日本大学理工学部建築学科卒業。現在は書店員。第22回『このミステリーがすごい！』大賞・文庫グランプリを受賞し、2024年に『卒業のための犯罪プラン』でデビュー。

五十代の父が仕事を辞めて小学校に通い始めた。昔から父には幼いところがあったが、まさか小学生になりたいと言い出すとは思わなかった。「中学まで出てたよね」と母に聞くと、「あの人の時代はただ年を重ねれば卒業できたから」と返ってきた。

ここ数年で急激に、心の年齢というものが重視される世の中になった。肉体の実年齢よりも、精神的な成熟度こそが人にとっての真の年齢であるという考え方だ。肉体の年齢や性別でおじさんなどと決めつけるのは差別的であり、内面でその人を判断するべきなのだそうだ。精神的に幼い人に運転免許や選挙権などの大人の権利を与えるなとまで主張する人もいて、実際に法改正が検討されている。たとえ法律であっても心の年齢を判断の基準とするべきであり、肉体の年齢で判断することは差別に当たるらしい。

父は数年前から健康診断で、精神年齢が十歳ほどであると診断されていたようだ。父は些細《ささい》なことで激昂《げきこう》するし、すぐに知ったかぶって嘘《うそ》をついたり、じっとしていられなかったり、私としては納得できる節もある。私の感覚と違うのは、父がそれならば自分は十歳らしく生きるべきだと考えたことだ。世の中には心の年齢に従って生きることを美徳とする人たちがいて、そういう人たちに感化されたのかもしれない。すでに心の年齢にそった生活を送る権利というものがあるらしく、父が小学校への入学を認可されたのも、その権利が関係しているようだ。小学校側も入学を認めないことで時代にそぐわないと批判を受けることを恐れているのだろう。

「母さんはそれでいいの？」

「私はもうずいぶんと前から子供が二人いるようなものだと思っていたから。それに来年にはあなたも就職するし、負担はむしろ減るでしょう」

母は長年連れ添った夫が今さら小学生になるということをすんなりと受け入れているようだ。会社を辞めても精神が十歳の父には国から補助金が出るらしい。「十歳児に三十年も納税させてたんだから、それくらい貰《もら》ってもばちは当たらないでしょう」と母は涼しげだった。

「あなたも弟が欲しいって、小さい頃はよく言っていたじゃない」

「今さらおじさんの弟なんていらないから」

「それ、ハラスメントだから気を付けなさいよ」

母は真面目な顔で忠告してきた。

私にも父と仲の良かった時期があったらしいが、口を利かなくなってからの期間の方がずっと長い。自分より精神的に幼い父親など嫌なものだろう。少なくとも私はずっと父のことが嫌いだった。なにかと絡んでくるのが鬱陶しいし、話すこともテレビのつまらない批判ばかりで退屈だった。中学生のころには、もう話しかけられるだけで気分が悪くなった。いつしか、父の方からも話しかけてくることはなくなり、その関係は今も改善していない。父が小学校に通う話も母を経由して知ったほどだ。

父が小学校に通い出して二か月ほど経《た》った頃、珍しく父から話しかけてきた。「学校で絵を描いたんだ」と不機嫌そうに言って、私に大きな画用紙を差し出した。そこには家族の絵が描かれていた。絵のレベルは心の年齢相応のものだったが、私は迷った末に「上手いね」と答えた。そうだろうと自慢げに笑う父に、昔のような嫌悪感を覚えることはなかった。それから少しずつ、父は学校の授業のことを私に話してくるようになった。

これまでの私は、父には大人であることを期待しすぎていたのかもしれない。だから、子供っぽい父親に嫌悪を抱いていたのだろう。理想の父親と違いすぎることが嫌だったのだ。この人の中身は小学生なんだと分かると、不思議と上手く会話ができた。

五十代の父が本物の小学生たちに混ざって上手くやれているのか疑問だったが、ちゃんと友達もできたようだ。ある日私が大学から帰ってくると、リビングがやけに散らかっていた。父に聞くとさっきまで学校の友達が来ていたのだと答えた。人を見かけで判断することが差別であるという価値観に私は未だに順応できていないが、今どきの小学生たちは違うようだ。すんなりと受け入れる彼らの方が大人に思える。

「お前のゲーム機、勝手に借りた。すまない」

「別にいいよ。何やったの」

「スマブラだよ。十歳相手に全然勝てなかったけどな」

上手くなりたいと父が真剣に言うので、その夜はゲームの練習に付き合った。まさか父とゲームをすることになるとは思わなかった。昔から私がゲームをやっているのを見ていて、本当は羨ましかったのだと父は言った。大人だからゲームをしすぎるなと叱《しか》るべきだと思っていたと。父も私の前では大人らしくあろうと無理をしていたようだ。心は小学生なのに大人であることを強いられていたのかと思うと少し同情する。

父となんとなく和解できてきた頃に、母から親子二人で外食に行こうと誘われた。父はいいのかと私が聞くと、母は少し驚いた顔をした後に「十歳にお酒は飲めないでしょう」と笑った。連れていかれたのは、高そうなイタリアンの店だった。

「この前、小学生の陸上大会に行ったらね。表彰台がおじさんとおばさんばっかりだった。ああ見えて意外と本物の小学生より速く走れるものなのね」

ワインを飲みながら母は笑いにくい話をした。

「それもハラスメントなんじゃないの」

「お酒の席ではいいでしょう。それと日本の少子化が解消してきたって知ってる？」

「心の年齢の話だよね」

ランドセルを背負った大人を最近はよく見かける。精神的な小学生が増えたところで問題はむしろ悪化しているだろう。けれど心の年齢で統計を取るのが今の社会の普通だ。そうでないと旧時代的だと非難の的になる。

「あとね。あなたが大学卒業したら、お父さんと離婚して家を出ることにしたから」

「え、どうして？」

「ほら、十八歳未満とは結婚できないでしょう」

告げられた理由に納得できず私が不服そうな顔をしていると、母は肩をすくめた。

「それにね、気づいたのよ。本物の子どもと違ってあの人は成長しないってことに。このままずっと子供のまま、終わりのない子育てをしていくんだろうってこと」

そんな風に疲れた顔を見せた母を止めることは私にはできなかった。結婚した相手が小学校に通う十歳児だなんて、私だって嫌だ。ただ、父親が十歳児よりもましだろうとは母に言ってやった。それはごめんねと母は笑った。

「あなたも好きにしていいのよ」

母はそう言ったが、あんなに幼い父を一人にするほど非情にはなれなかった。

しかし、父は母と離婚すると、あまり間も置かずに小学校を退学してまた働き始めた。その年の健康診断では、年相応の精神年齢だと診断されたらしい。甘える相手がいなくなれば、子供は勝手に大人になるものなのだろう。

アイスクリームの密室　鴨崎暖炉

鴨崎暖炉（かもさき・だんろ）

1985年、山口県宇部市生まれ。東京理科大学理工学部卒業。現在はシステム開発会社に勤務。第20回『このミステリーがすごい！』大賞・文庫グランプリを受賞し、2022年に『密室黄金時代の殺人　雪の館と六つのトリック』でデビュー。他の著書に『密室狂乱時代の殺人　絶海の孤島と七つのトリック』（以上、宝島社）がある。

氷田優子《こおりだゆうこ》は密室の中で、百九十五トンのアイスクリームの塊に埋もれるようにして死んでいた。これは何かの比喩ではなくて本当に埋まっていたのだ。バニラアイスの中に死体が——、ちょうど砂漠をさ迷った旅人の死体が砂の中から見つかるように。

その密室状況は刑事の私——、刑部笙子《おさかべしょうこ》（二十八歳）にとっても異様なものだった。何せ、現場となった部屋の容積のほぼすべてをアイスが埋め尽くしているのだから。

私は溜息《ためいき》をついて、あらためて現場の状況を整理してみた。事件が起きたのは、さる大富豪の屋敷の庭——、そこに建つ円筒形の建物の中だった。その建物は円筒館《えんとうかん》と呼ばれ、離れとして客室に使われており、被害者はその大富豪の愛人なのであった。だから、犯人はたぶん大富豪だ。そして円筒館は半径五メートルの底面と、五メートルの高さを持つ円柱型で、中にある部屋は一部屋のみ。つまり部屋の容積は円筒館の容積とイコールであり、底面積×高さで三十九万二千五百リットル。さながらアイスの詰まった缶のようにそのほぼすべてがアイスで埋められており、アイスの空気含有率は五割であったため、現場に残されたアイスの量は約百九十五トンになるというわけだ。

円筒館の壁はすべて強化硝子《ガラス》でできていて、そこから中の様子を窺《うかが》うことができた。雪のように真っ白な光景の中、ただ被害者の死体だけがアイスクリームに押し込められるように硝子にぴたりと張り付いていた。

でも死体がそんな位置にあったからこそ、事件が発覚したとも言える。仮に硝子越しに死体が見えなかったとしたら、アイスが融けきるまで死体は見つからなかったかもしれない。だから、それは事件の犯人と目される大富豪の計画通りなのかもしれなかった。というのも、大富豪はわざと死体を発見させたかったのではないかと私は考えているからだ。ともかくそんな経緯で事件は明るみになり、この前代未聞の密室殺人の捜査は開始された。捜査はまずは円筒館の出入口の扉を開き、そこから室内に満たされたアイスを掘り進んで、死体を建物の外へと引っ張り出すことから始まった。

円筒館には開閉可能な窓はなく、外開きの扉が一枚あるだけで、その扉は鍵のツマミで内側から施錠されていた。ただ、これは現場の不可能性において実は大した問題ではなく、何故なら被害者の体内から遅行性の毒が検出されたからだ。つまり被害者は円筒館に入った後、自ら扉に鍵を掛け、その後、遅行性の毒で死亡したことになる。だからこの事件の肝は、やはり部屋に満たされたアイスクリームだ。

前述の通り円筒館の出入口は扉のみで、部屋にアイスを詰め込むにはこの扉から入れるしかない。でも扉は被害者によって施錠されているから、被害者が毒で死んだ後にはその扉を開くことはできない。となると部屋にはあらかじめ大量のアイスが詰め込まれていたことになり、それを承知で被害者は部屋に入り、扉を施錠したということになる。これは被害者の行動としてあまりに不自然だし、それ以上に部屋の容積のほぼすべてがアイスで埋められていたのだ。被害者が部屋に入るにはそのアイスをほじってモグラのように進むしかないのだが、そうするとアイスの中に被害者の通った跡――、トンネルのような通路が生じてしまう。でも現場にはそんな跡などなかった。

「つまりは、雪密室の要素も持ち合わせているということね」

私は捜査資料を見返しながら、ひとりごちた。巨大なアイスクリームの塊が障壁となり、室内への侵入を阻んでいるのだ。被害者の死体は部屋の奥——、扉から一番離れた強化硝子の壁に張り付いた状態で見つかったが、その場所まで部屋に満たされたアイスの中を、何の痕跡も残さずに移動するのは到底不可能だと思われた。

なのでそんな密室状況を突き付けられた警察には、それを崩す義務が生じた。というのも、この国では三年前にとある密室殺人事件が起き、それが『現場が密室だった』がゆえに無罪判決を受けたことにより、『現場が密室ならば無罪』という奇妙な判例が生まれたからだ。いわゆる『密室黄金時代』というやつだ。だから今回の事件で犯人が密室を作ったのも、その密室を盾に裁判で無罪を勝ち取るためだろう。

なので私はそんな犯人の目論見《もくろみ》を阻止するために、助っ人を喫茶店に呼び出した。蜜村《みつむら》漆璃《しつり》という高校三年生の黒髪の美少女で、密室のスペシャリストでもある。

「で、今回の密室は——」

私は現場状況を蜜村に伝える。彼女は紅茶を飲みながら「ふーん」という感じで聞いていたが、私がすべてを話し終えるとおもむろに「現場の見取り図とかあります？」と訊《たず》ねてきた。私は鞄《かばん》から見取り図を取り出すと、それを喫茶店のテーブルに広げた。

円筒館はシンプルな造りだ。部屋の形は真円で、室内にはベッドと簡素な洗面台のみがある。蜜村はその図を少し眺めた後で、すぐに「わかりました」と私に言った。

「犯人がどうやって密室の中に大量のアイスクリームを詰め込んだのか」

蜜村は頭がいいので、謎を解くのがとても速い。それが密室の謎ならばなおのこと。

「それじゃあ、聞かせてもらおうじゃない。『アイスクリームの密室』の作り方を」と私は彼女に言う。すると蜜村は「いいですよ」と頷《うなず》き、こんな風に語り始めた。

「まず現場にあった洗面台──、これが謎を解く鍵になります。犯人はあらかじめ地下の水道管をいじって、蛇口から水の代わりに牛乳が出るようにしておきました。そして蛇口のハンドルを捻《ひね》った状態で、そのハンドルを接着剤で固定。これにより被害者が蛇口を開いたり閉じたりできなくしておきます。そしてこの状態で水道の元栓を閉じる。これでハンドルが捻られた状態でも、蛇口から牛乳が出なくなります。さらにこの段階で洗面台の排水口も詰まらせておく」蜜村は紅茶を一口飲んで続けた。「そして、そのことを知らない被害者は円筒館の中に入って扉を施錠し、その後、遅行性の毒で死亡します。犯人はそれを見計らって、建物の外にある水道の元栓を開ける。それにより蛇口から牛乳が流れ始め、でも排水口は詰まっているから牛乳は洗面台から溢《あふ》れ出します。そして、やがて溢れた牛乳は部屋全体を満たすことになる」

つまり、部屋が牛乳で水没するということか。

「ええ、そしてここからが本番です。犯人は円筒館の周囲に、建物よりも一回り大きいコンクリート製の囲いを建てました。館の周りがぐるりと円形の壁で囲まれている光景を想像してもらえるとわかりやすいと思います。そして犯人はその壁と建物の間を、重機を使って大量の氷で埋め尽くします」

もっとも死体が発見された時には壁も氷もなかったわけだから、事件が発覚する前にそれらは取り払われてしまったのだろうけど。つまり犯人は何らかのトリックのために、あくまで一時的に館の周囲を壁で囲い、その隙間を氷で満たしたということか。

私は「ふむ」と頷き、蜜村に続きを促す。

「なるほど、それで？」

「はい、そこから円筒館を回転させます」

「円筒館を回転？」この子はいったい何を言い出すのだろう？「えっ、それって円筒館が回るってこと？　くるくると独楽《こま》みたいに？」

「はい、円柱の中心を軸に高速で回転します」

「いや、そんなバカな……」

あまりにも荒唐無稽すぎる。確かに地下に動力を仕込めば物理的には可能だろうが。でも、そもそも論として、建築物が回り出すなんてそんな破天荒なことが――、

「いえ、刑部さん」と蜜村は言った。「知らないんですか？　ミステリーに円形の建物が出てきた場合は、九十九パーセントの確率で回るんですよ」

そんな世間の常識みたいに言われても困るのだが。まぁ、ともかく、と私は気を取り直す。円筒館が回転する――、その事実を受け入れたとして、

「それでいったい、どうなるというの？　密室の謎が解けるとでも？」

「ええ、そうです。ここから先は一本道ですよ」と蜜村は言った。「円筒館が回転することにより、室内に満たされた牛乳の中を漂っていた死体は、遠心力により強化硝子の壁にぴったりと張り付きます。ちょうど死体が発見された位置まで移動するわけですね。あと、牛乳にはあらかじめ生クリームと生卵と砂糖とバニラエッセンスを混ぜておきます。そして円筒館が高速回転することにより内部の牛乳が空気と混ざりながら攪拌《かくはん》されて、建物の外に敷き詰められた氷により徐々に冷やされていきます。つまり空気を含んだ状態で凍り、アイスクリームへと変わっていく。それを長時間続けていけば、やがて円筒館に満たされた牛乳がすべてアイスに変わるというわけです」

その言葉に、私は目を丸くする。確かに空気を含んだ牛乳が冷えて固まれば、それはアイスクリームになる。手回し式のアイスクリームメーカーと同じ仕組みだ。特に原始的なアイスクリームメーカーは、牛乳を入れた樽《たる》の周囲を氷で満たし、その樽をハンドルで回転させることでアイスを作るという仕組みなわけだし。

「つまり、犯人は円筒館の中にアイスクリームを入れたのではなく、円筒館の中で一からアイスを作ったということ？」

私のその言葉に、蜜村はこくりと頷いた。

「ええ、つまり円筒館自体が巨大なアイスクリーム製造機なんですよ。犯人はその仕組みを使って『アイスクリームの密室』を作ったんです」

本書は書き下ろしです。
収録作品はフィクションです。作中に同一の名称があった場合でも、
実在する人物・団体等とは一切関係ありません。

宝島社
文庫

衝撃の1行で始まる3分間ミステリー
(しょうげきの1ぎょうではじまる3ぷんかんみすてりー)

2024年4月17日　第1刷発行

編　者　『このミステリーがすごい!』大賞編集部
発行人　関川 誠
発行所　株式会社 宝島社
〒102-8388　東京都千代田区一番町25番地
電話:営業 03(3234)4621/編集 03(3239)0599
https://tkj.jp
印刷・製本　中央精版印刷株式会社

ISBN 978-4-299-05369-5